文訊叢刊⑲
〈近代學人風範〉第三輯

但開風氣不爲師

——梁啓超、張道藩、張知本

文訊雜誌社 編

《序》尋找知識報國的典範

祝基瀅

人類文化的發展，一方面是庶民大衆爲了基本的生存與生活所形成的經驗與智慧之累積，另一方面是羣體當中擁有知識者不斷繼承與創新所造成的，後者尤其重要，因爲他能夠將一般經驗系統化成知識，進而使之被當做學習或批判的對象，去加以修正、轉化，或重新創造，使整個文化傳統永遠健康豐碩、活力充沛。然後使人類的生存空間更加寬闊、多元，使生活更加充實、愉快。

當然，這還必須有一個前提，那就是這些擁有知識者能將其知識之力量向上向善去發揮，換句話說，他們要能以道德結合知識，胸中常懷人羣結構的良性發展，否則知識也可能被誤用、濫用，而爲害社會。

從這方面來看，所謂擁有知識者的「知識人」（或「知識分子」）的質與量之狀況，就可以說是檢驗文化發展的指標了。也確實是這樣，在各知識領域的研究，無論如何都必須以「人」作爲討論的核心，否則可能就會落入玄虛的論辯。這就是爲什麼當代對於所謂「知識分子」的討論會那麼熱烈，而且可以說沒有間斷過，尤其是對於晚清以降中國的知識分子之研究，幾乎可以視爲一門顯學，就記憶所及，下面這些成書頗具代表性：「中國知識分子與西方」（汪一駒著，梅寅生譯）、「轉型期的知識分子」（馬彬著）、「知識分子與中國」（周陽山編）、「知識分子與台灣發展」（中國論壇編委會編）、「女性知識分子與台灣發展」（同上）等，其他有關中國近代思想史、文學史的研究，或者是有關傳統與西化的激盪之課題，大部分都環繞著知識分子的思想和行爲去開展系統研究。

熟悉中國近代史的人都知道，在晚淸這麼一個「三千年未有之變局」中，救亡圖存的重責大任落在先進的知識分子身上，他們在對於中國文化的檢討、西方思潮的引進、新制度的探討以及國體的大辯論上，貢獻良多。他們奔走呼號、糾合同志，希望能力挽狂瀾，拯救民族於危急存亡之際的精神，令人欽佩。民國肇建以後的國情雖有所不同，但有良心的知識分子之所用心，亦彰彰在人耳目。他們所追求的無非是「國富民强」，因爲民族的危機並沒有解除，人民的苦難日愈加深。

如今，國家發展又面臨另一個關鍵時刻，知識報國，不但是知識分子的責任，也是社會大衆的殷切期許，這也讓我們想起從晚淸（尤其是甲午之戰）到民國的這一時代中，究竟形塑了多少知識分子的典範？是否有重新試探的必要？由於時代的接近，環境也頗有類似之處，如果典型已在夙昔，在風簷展書讀之際，是否可以找出一些典範以爲借鏡，進而尋思我輩在當前的情勢中一些應行可行之道。

這就是我們爲什麼籌畫這一系列「近代學人風範研討會」的主要原因。選用「學人」這個名詞以代「知識分子」，主要是感到它有一種親和性和尊重感。至於選擇那些學人以爲研討對象，這是一個仁智互見的問題。我們一方面考慮學人是否有其明顯的特性，譬如說，嚴復在西方社會科學方面的翻譯，連橫撰述台灣通史，張季鸞的報業成就，蔡元培在教育和學術行政上的卓越表現等，同時其人格嶔崎磊落，足堪後人表率。另外，我們也考慮到各位學人所代表之學術或專業領域，以及社會人士所感到興趣之課題。

面對每一位學人，主要是了解其生平，清理其學術表現及其涉及公衆事務之成就，分別約請專家撰述論文，安排特約討論人，希望透過公開的學術論辯，探觸思想的核心，以供今後國家發展的借鏡，我們歡迎同好參與討論，集思廣益，必能對尋找典範，實踐知識報國有所貢獻。

從民國七十九年七月起，我們每月舉行一次研討，每次以一位學人爲對象，計畫進行一年。前三次已結集成「知識分子的良心」（連橫、嚴復、張季鸞），第四次到第六次分別討論吳稚暉、蔡元培、胡適，結集而成「憂患中的心聲」，第七次到第九次分別討論梁啓超、張道藩、張知本，結集而成此書，旨在提供進一步討論的基礎，盼望能引起知識界及社會大衆更廣泛的注意。

目錄

梁啓超：博古通今

梁啓超是一位有多方面才華的人。

他以士人身分與報業結合，創造了「新報業」，

他參與晚清各種文學運動，導引趨勢，爲近代文學塑造新的景象，

他是中國近代史上著名的報人、學者、思想家、政治家、教育家及文學家。

梁啓超與近代報業

賴光臨

前言

中國近代出色的報人，首推梁啓超，在近代報業史上，他促進報業的提升與發展，所做的貢獻最大。

在梁啓超辦報之前，主持報章筆政的，大都是功名失意的落拓文人，無新思想、新知識，每天寫一些捧戲院名角的「文評」，吟幾首讚美靑樓女子的詩詞，以發洩無聊的意興。因而報章風格低劣，在社會一般觀感中，報紙是誨淫誨盜的媒介，家長們都禁止子弟閱讀。

但梁啓超辦報之後，論政紀事，規模漸具，報紙開始作脫胎換骨的轉變。此後政治的變革，社會的變遷，無一不是由報章作啓發的動力，在近代史上扮演了重要角色。社會對報人和報章的眼光，至是截然不同。

一部中國報業史，「梁啓超」三字，儼然成爲劃分新舊報業的「界碑」！

創辦報刊原因

梁啓超十七歲在鄉試高中舉人，廿四歲辦時務報，爲從事報業生涯的開始。當時辦報被社會大衆認爲是「莠民賤業」，梁氏以科場貴人，而放下身段投注心力，這其中原因，或可分兩方面論述：

一是受康有爲影響。梁啓超十七歲拜康氏門下，孜孜於學凡三年。此一萬木草堂時代教育，爲他一生學術與事業奠立下基礎。

康有爲草堂講學重宋明義理之學，他自述「與諸子日夕講業，大發求仁之義，而講中外之政，救中國之法。」每談及國事阢隉，民生憔悴，外侮侵陵，常常慷慨太息或至流淚。這一批青少年在康氏薰陶之下，一方面跳出訓詁詞章舊學的窠臼，開拓思想識見；一方面則激情盪樣，凜然於國家興亡，匹夫有責之義，而興起用世的懷抱。

梁啓超寫「三十自述」，其中有一段話：「余生同治癸酉正月廿六日，實太平天國亡於金陵後十年，清大學士曾國藩卒後一年，普法戰爭後三年，而意大利建國羅馬之歲也。」他以自己出生年歲，與歷史名人與大事相聯繫，反映了他用世的熱忱與對事功的嚮往。

廿三歲入北京，見國事日非，便漸有慷慨激昂之態。這年夏秋之間，康有爲發起創立强學會，並發刊中外公報。梁啓超協助奔走，主持報刊筆政，從此決定了辦報的心志。

康有爲主張變法，曾先後七次上書而不克上達，到第四次之時，維新人士都有一番覺悟，本身既未掌握尺寸權柄，自無法推動革新事業，期變法於朝廷，幾絕無可能，因而回轉頭來倡之於下，以開啓民智、開通風氣爲務。

二是藉報刊啓迪民智、開通風氣。時滿清政治腐敗，復習於保守，憚於改革，總認是成法爲不可踰，舊章爲不可改，陳陳相因，蹈故守常，扼窒國家生機，挫折國人期望。

梁啓超抱持一種觀點，認爲民間風氣與國家政事兩者之關係，猶如空氣之與寒暑表，空氣之冷熱燥濕，表之升降隨之，風氣未開，人才未備，一切新政無法舉行。

他們心目中振刷國民精神的新事業，一爲學堂，一爲報館。梁啓超致書友人夏穗卿，曾說：「頃欲在都開設報館，已略有端緒，此舉有成，其於重心力量頗大也。」又說：「此間亦欲開學會，頗有應者，然其數甚微，度欲開會非有報館不可，報館之議論既浸漬於人心，則風氣之成不遠矣。」

上述文字，說明梁啓超之重視報刊，並對其傳播聲氣，擴大影響的功能，寄以信心與肯定。

創辦的主要報刊

梁啓超一生主持的報刊不下十個，比較重要的有下述幾種：

1.時務報：於光緒廿二年（一八九六年）七月一日在上海創刊，是爲維新派之正式言論機關。梁啓超爲文論政自「時務」始，其名重一時亦自「時務」始。

時務報特色，一在內容：廣譯五洲近事，詳錄各省新政，博搜交涉要案，使讀者周知全球大勢，熟悉本國近狀，開展視域，增廣知識。「時務」取名，實含寓深意，以社會教育使命自負。

另一項特色在言論，梁氏倡言變法維新，以突破守舊觀念，時梁氏於西方民權之說，涉獵未深，兼以政治環境禁忌，所以，當時他的變法思想歸結於變科舉、興學校，以培育人才爲本。但已是議論明通，足資激發志氣，使讀者驚訝讚嘆。時務報每一册出版，風靡海內，「舉國趨之，如飲狂泉」，爲中國有報以來所未有。此後，沿海新報競起十餘家，面目體裁完全模仿「時務」，梁氏已儼然建立輿論權威的地位。

2.清議報：光緒廿四年（一八九八年）十一月在日本橫濱創刊。

清議報發刊的宗旨，標明有四：一、維持支那之淸議，激發國民之正氣。二、增長支那人之學識。三、交通支那、日本兩國之聲氣，聯其情誼。四、發明東亞學術，以保存亞粹。

時在戊戌政變之後，清議報强烈批評清廷，特別是對慈禧太后、榮祿、袁世凱諸人。梁氏自承，該報「明目張膽，以攻擊政府，彼時最烈。」西方學者李文遜（Joseph R. Levenson）甚至認爲，清議報最大目標，是在使光緒帝「復辟」。

清議報特色，有下列四項：

一是倡民權：「始終抱定此義，爲獨一無二之宗旨。」

二是衍哲理：「讀東西諸碩學之書，務衍其學說以輸入於中國。」

三是明朝局：「指斥權奸，一無假借。」

四是厲國恥：「務使吾國民知我國在世界上之位置，知東西列强待我國之政策……。疾呼而棒喝之，以冀同胞之一悟。」

清議報內容分六門，爲㈠支那人論說，㈡日本及泰西論說，㈢支那近事，㈣萬國近事，㈤支那哲學，㈥政治小說。重要篇章，有譚嗣同的「仁學」，「實禹域未有之書，抑衆生無價之寶」。章炳麟的「儒術新論」，「詮發敎旨，精微獨到」。梁氏自撰「飲冰室自由書」，張自由平等主義，「以精銳之筆，說微妙之理，談言微中，聞者足興。」

清議報以內容勝過其他刊物，成爲中文雜誌的翹楚。

3.新民叢報：光緒廿八年（一九〇二年）元月創刊。「新民」一詞，取「大學」新民之義。梁啓超標揭其宗旨說：「欲維新我國，當先維新我民。中國所以不振，由於國民公德缺乏，智慧不開，故本報專對此病而藥治之，務採合中西道德以爲德育之方針，廣羅政學理論，以爲智育之原本。」

梁氏著「新民說」，凡十餘章，包含：論新民爲中國今日第一急務、論公德、論國家思想、論進取冒險、論權利思想、論自由、論自治、論進步、論自尊、論合羣、論生利分利、論毅力等篇，貶傳統觀念之缺失，衍西方文化之精理，思想煥然嶄新。

該刊計分廿五門類，大量介紹西方學者及其學說，計有亞里斯多德的政治學說、進化論革命者頡德的學說、樂利主義泰斗邊沁的學說、法理學家孟德斯鳩與天演學初祖達爾文等的學說。內容以繁富見稱，一紙風行，銷售處分佈國內外四十九縣市，計九十七處，且遠至雲、貴、陝、甘等地，誠有無遠弗屆之勢。而「每一册書，內地翻刻本輒十數，」青年競喜讀之。蔣夢麟是「千千萬萬受其影響的學生之一」，稱譽新民叢報是「當時每一位渴求新知的青年的智慧源泉。」

梁啓超在新民叢報時代，發揮的影響力最大。嚴復論梁氏文字煽動力量有云：「主暗殺則人因之而倜然暗殺，主破壞則人又羣然事爲破壞。」史學家李劍農亦說，壬寅癸卯（一九〇二—〇三年）時期，梁啓超儼然爲「言論界之驕子。」而啓超自謂：「二十年來學子之思想，均蒙其影響。」

分析他所以對知識青年具有如此影響力，原因似有兩項：一是梁氏文字平易暢達，條理明晰，筆鋒常帶感情，對讀者別有一種魔力。而議論則趨重於突破現狀，時外侮日逼，內治腐敗，青年心理咸醞釀打破現狀意識，有觸即發，遇啓超聲情激越的文字議論，未有不投袂而起。二是梁氏報刊除政治論著外，並大量介紹西學新知，受舊式教育的青年，得讀此刊物，眼前頓呈現一萬象森羅的新世界，未有不歡欣激動。

祇是一九〇三年冬季，梁啓超遊美返日，思想言論發生一急劇轉變，排斥共和，反對革命。至一九〇五年由之引發革命黨與保皇黨的文字論戰。兩黨各以新民叢報與民報爲言論機關，針鋒相對，壁壘森嚴，三年之間論戰之文不下百餘萬言。結果，梁氏立憲論的聲勢，不如革命論的浩大，因反革言論與青年突破現狀的心理相違背。楊度致書梁氏，即直言，「若未駁革命黨，批評國民，實爲失策。」胡適認爲，梁啓超的文章，帶著濃摯的熱情，使讀的人不能不跟著他走，不能不跟著他想。有時候，我們跟他走到一點上，還想望前走，他倒打住了，或是換了方向走了。這種時候，我們不免感覺失望。

唯新民叢報與民報的論戰，於國民政治思想的開放進步，有其高度評價與貢獻。梁氏一些觀點，證之後來史實發展，可說不失其透闢與前瞻識力。

新民叢報因經濟不支，於光緒卅三年（一九〇七年）七月停刊。梁氏曾自作評述：「本報自壬寅年開辦以來，于茲兩載，其條例精密，議論嶄新，爲國民之警鐘，作文明之木鐸，且開我國叢報之先河，居我國叢報界之魁首。此海內外君子之所公認而無庸再贅者也。」衡之事實，並非誇大之言。

報刊的特質

梁啓超以士人身份與報業結合，創造了「新報業」，並表現下列幾點特質：

一、是「天下爲己任」的國士精神：傳統士人有一份入世襟懷，宋代范仲淹「岳陽樓記」有一段著名的文字：「嗟夫！予嘗求古仁人之心，……居廟堂之上則憂其民，處江湖之遠則憂其君，是進亦憂，退亦憂。然則何時而樂耶？其必曰：『先天下之憂而憂，後天下之樂而樂乎？』噫！微斯人，吾誰與歸？」這份莊敬自持的態度與志懷，不因際遇困頓而挫折，國學大師錢穆以「秀才教」譽之，以宗教家的虔誠與熱忱比擬。而前人影響後人，寖假成爲士人的高貴傳統。

傳統士人的憂懷，表現爲問政的積極態度，對當政者作諫諍，並認這是「天」授予的責任。而這份責任感，一依道德理性而發，甚至於罔顧一己的安危後果。范仲淹作「靈烏賦」，有「寧鳴而死，不默而生」的壯語，即是這一精神的闡揚。

甲午中日之役締訂馬關條約，中國以地廣人衆，敗於扶桑三島，割地償金，爲世大辱。士人熱血沸騰，滿腔孤憤。梁啓超當時有詩云：「悵飲且浩歌，血淚忽盈臆。哀哉衣冠儔，塗炭將何極！」表現沉痛心懷。

其後梁氏創辦時務報，著「論報館有益於國事」一文，自述辦報的心意。他說：「雖蟁蝱之力，無取負山，而精禽之心，未忘塡海。上循不非大夫之義，下附庶人失諫之條；私懷救火弗趨之意，迫爲大聲疾呼之擧。見知見罪，悉憑當途！……。則顧亭林所謂天下興亡，匹夫之賤與有責焉已耳。」所激於國家危殆、救亡圖存義無返顧的心境，躍然紙面，無形中將高貴的國士精神移植於報業。

二、是求新求變的進取觀念：梁啓超創辦報刊，重視對大衆的教育作用，要將新思想、新觀念、新知識貢獻於同胞之前。

時社會風氣閉塞，多數知識階級，猶如處闇室，坐眢井，瞢然不知外事。百年以前法國革命，美國獨立，全球千古未有的大事，而中國無一人知其影響。至於十九世紀七十年代的普法之戰、俄土之戰，同爲歐洲非常之擧，而中國之稱先覺者，僅聞其名，若有若無。

知識階級既於外界一無所知，故思想窒宥，即使有所思有所想，亦無以越古代經典範圍，乃養成好古保守的習性。

顯然，梁氏的報刊，所提供的「新」與「變」的訊息，猶如在密閉的暗室中開鑿一扇窗戶，使生息在暗室內的人，得以擴大視域，看到外在粲然景觀，於是對外求索之慾日熾，對內厭棄之情日烈。

張之洞「勸學篇」一文，對此曾有極扼要中肯的論述：

> 乙未以後，志士文人創開報館，廣譯洋報，參以博議，始於滬上，流衍於各省，內政外事學術皆有焉。雖論說駁雜不一，要可以擴見聞，長志氣，滌懷安之酖毒，破捫籥之瞽論。於是一孔之士，山澤之農，始知有神州；筐篋之吏，煙霧之儒，始知有時局；不可謂非有志四方之男子學問之一助也。

國人眼界開闊，觀念轉新，一個傳統社會遂開始轉變。其後九十年間，幾件歷史性的大事，如戊戌維新、辛亥革命、五四新文化運動，無不以求新求變爲動源，以新聞事業爲觸媒。

三、是專業的道德信守：舊時報紙記事常閉門以造，信口以談，論說則毀譽一憑恩怨，甚至「揚頌權貴，爲曳裾之階梯；指斥豪富，作苞苴之左券。」所爲所行，令人不齒。

梁啓超對報業有深入的觀察，於其弊病感慨抨擊之餘，對報刊的論說記事輒作積極的主張。有關論說方面，提出「公、要、周、適」四點原則：

公：不偏徇一黨之意見，鑒乎挾黨見以論國事，必將有辟於親友，辟於所賤惡，非惟自蔽，抑其言亦不足取重於社會也。

要：凡所討論，必一國一羣之大問題。

周：凡每日所出事實，其關於一國一羣之大問題，爲國民所當措意的，必次論之。

適：雖有高尚之學理，恢奇之言論，苟其不適於中國今日社會之程度，則其言必無力而反以滋病。故同人相勗，必度可行者乃言之。

有關記事方面，梁氏於時報發刊時，爲之手訂記事刊例五條：

博：務期材料豐富，使讀者不出戶而知天下。

速：凡遇要事，必以電達，務供閱者先睹爲快。

確：凡風聞影響之事，概不登錄。若有訪函一時失實者，必更正之。

直：凡事關大局者，必忠實報聞，無所隱諱。

正：凡攻訐他人陰私，或輕薄排擠，借端報復之言，概嚴屏絕。

上述梁氏所訂原則，實爲報人所宜恪守的職業信條，可稱爲中國報界的首次成文道德憲章。

梁氏明瞭報刊勢力的不可輕侮，責任的艱巨，因而對自己從事的事業凜然生畏敬之感，所以立言記事，特重「保其爲社會所信仰」，以求自保令譽，自尊人格，自重價值。

道德信守爲現代專業的要件，用以建立是非判斷的標準。近代新聞學者更指出，新聞倫理道德的宏揚，具有雙重目標：一是維護自由，一是擔當責任，而自由與責任，爲新聞事業生存與發展的基石。士人以高尚人格滲入報刊之中，形成光輝耀射的報格，反映了新聞學者所揭櫫的專業道德理想。

樹立報人典範

在中國近代新聞史上，梁啓超可說是一位成功的報人，先賢「奮乎百世之上，百世之下，聞者莫不興起」，他確爲新聞界樹立了可資欽敬的典範。

現從識見、學問、風骨三方面論述：

(一)識見

清末社會風氣未開，做報被認爲是文人末路。梁啓超獨排世俗觀點，對報業有另一番透闢認識，他說：

報業者，實薈萃全國人之思想言論，或大或小，或精或粗，或莊或諧，或激或隨，而一一介紹之於國民。故報館者能納一切，能吐一切，能生一切，能滅一切。西諺云，報館者，國家之耳目也，喉舌也，人羣之鏡也，文壇之王也，將來之燈也，現在之糧也。偉哉！報館之勢力。重哉！報館之責任。

報館之責任爲何？他歸納爲兩點：一曰反映輿論，發揮輿論，監督政府；一曰提供眞理與事實，嚮導國民。

梁氏復强調思想、言論、出版三大自由，慨言中國之腐敗，惟其大原，皆必自奴隸性來，不除此性，中國萬不能立於世界萬國之間。

壬寅年正月，發表「保教非所以尊孔論」，抨擊保教主張束縛國民思想，與康有爲意見大相反對，雖經函札勸導，梁氏仍堅持「自由」一義，未嘗稍懈。他認爲西方各國文明，日進月邁，由昔觀今，「殆如別闢一新天地」，即是三大自由所結之碩果。此三大自由「是一切文明之母」。

梁啓超基於自己識見，瞭然於報館勢力與責任，因而對所從事的事業自勵自勉，孜孜矻矻，不斷的朝向理想目標努力。在他心目中，理想的報章必須合乎四項條件：

一、宗旨定而高——爲報館者必須以熱情慧眼，注定一最高宗旨而守之，這是「定」；以國民最多數之公益爲目的，這便是「高」。

二、思想新而正——取萬國新思想以貢於同胞，唯在選擇上必須察本國原質，審今後時勢，鑑定確爲有利而無病。對於古來誤謬思想，則予摧陷廓清。

三、材料富而當——全世界知識，報章無一不刊載。而閱一字則得一字之益，不使有所掛漏，有所缺陷。

四、報事確而速——報館應不惜重貲以求新事，因報紙對讀者的惠益，以「知今爲最要」。

梁氏標揭的這份理想藍圖，對於當時幼稚的中國報業，產生了很大的導引、激勵作用。即在今天，同樣也可作爲辦報刊的南針。

由透闢的認知，產生誠敬的信念，進而致力開拓理想——這便是卓識。

(二)學問

梁啓超一生多采多姿，是一思想家、教育家、史學家、文學家，並是一位卓越報人，學問的淵博，在近代報人中，還未見出第二位。

根據他的友人徐佛蘇作保守估計，梁氏著與述兩者總和，達一千四百萬字，著述之多與範圍之廣，堪稱前無古人。

梁氏學問所以淵博，最主要因素，見之於他自己所說的一句話：「學問慾極熾」。不但所嗜種類繁雜，而且每治一種學問，輒全心沉溺。

他在青少年時代，即孜孜於學。十九歲入萬木草堂，彼時求學情形，有下面一段記述：

> 先生（康有為）每逾午，則升堂講古今學術原流，每講輒歷二三小時，講者忘倦，聽者亦忘倦。每聽一度，則各各懽喜踴躍，自以為有刱獲，退者則鐔鐔然有味，閱久而彌永也。

他上課專心聽講，多增一分知識則滿懷酣暢，下課後則能深入尋味有所省發，具見這位青年學子的好學深思，與所奠立的紮實學問基礎。

戊戌政變發生，梁氏廿七歲，逃亡日本。他已是一位名聞國際的人物，然而好學之心，愈見熾烈。是年春，他特約朋友羅孝高同往箱根讀書。時日本維新已三十年，翻譯西方著作，不下數千種，梁氏恣意瀏覽，歡欣之情，溢於言表。他自述：

哀時客既旅日本數月，肄日本之文，讀日本之書，疇昔所未見之籍，紛觸於目，疇昔所未窮之理，騰躍於腦，如幽室見日，枯腹得酒，沾沾自喜。

這位哀時客抱持一種見解：一個人無學問，則不足以擔當救國的責任。他寫信給老師康有爲說：「吾不解學問不成者，其將挾何術以救中國也。」因而，有一段時期，他覺得自己「所學未足，大有入山數年之志」，即是入山潛心讀書。只是彼時的維新事業，不容許他擺脫。但這份重視學問的心意，具見這位青年報人的惕厲奮發。

據梁氏自己分析，他治學有兩大缺點：一是無恆，每治一業，過些日子便放下。二是愛博，任何一門移時而拋，所以入焉不深。他曾題詩給女兒自侃：「吾學病愛博，是用淺且蕪。尤病在無恆，有獲旋失諸。百凡可效我，此二無我如。」這是他自我鞭策與勸勉後進的話。他讀書勤，全心沉溺，這些都是恆與精的功夫。大家不宜忽略梁氏是憑學問文章，使羣倫翕服，使自己成爲一位卓然有成的報人。

㈢風骨

風骨，就是高尚品格。

近代報人中，若論風範巍然，楷模足式，梁啓超當爲其一。

唯品格高尚，不在於日常哼哼空談，而應驗之於實際行事。梁氏接受考驗，有極爲突出一例：

民國四年，袁世凱僭謀稱帝，楊度等組織籌安會策動。梁啓超深爲反對，著「異哉所謂國體問題者」一文抨擊。文章尚未發印，袁世凱的來使已上門。梁氏回憶：

當吾文章草成尚未發印，袁氏已有所聞，託人賄我以二十萬圓，令勿印行。余婉謝之，且將該文錄寄袁氏。未幾袁復遣人來以危詞脅喝，謂君亡命已十年，此種況味亦既飽嘗，何必更自苦。余笑曰：余誠老於亡命之經驗家也，余寧樂此，不願苟活於此惡濁空氣中也。

時袁世凱勢力正盛，樊籠之下，言出禍隨，何以梁氏不顧及生死利害？他說：「因舉國正氣銷亡，對於此大事，無一人敢發正論，則人心將死盡，故不顧利害生死，爲全國人代宣其心中所欲言之隱耳。」

這是孟子所說的：富貴不能淫，威武不能屈，見出報人的風骨嶙峋！

另有一件事，亦見出梁啓超品格高尚。

光緒廿六年（一九〇〇年），梁氏赴檀香山，有華僑女性何蕙珍，學問志氣，均逾尋常，眼界頗高，獨對梁啓超印象深刻。

啓超時年廿八歲，感服對方才學，情感上亦起波瀾。據他自述：「近年以來，風雲氣多，兒女情少，然見其事，聞其言，覺得心中時時刻刻有此人，不知何故也。」其記事詩三首，如下：

其一：

頗媿年來負盛名，天涯到處有逢迎；識荊說項尋常事，第一相知總讓卿。

其二：

眼中既已無男子，獨有青睞到小生；為此深恩安可負，當筵我幾欲卿卿。

只是梁氏於兒女私情頗能克制，做到「發乎情而止乎禮」，另一首詩的心境便自不同。

其三：

猛憶中原事可哀，蒼黃天地入蒿萊，何必更作喁喁語，起趁雞聲舞一回。

當時友人有意說合，梁啓超義正辭嚴予以拒絕：

君所言之人，吾知之，吾甚敬愛之，且特別思之。雖然，我嘗與同志創立一夫一妻世界會，今義不可背。況余今日，為國事奔走天下，一言一動，皆為萬國人所觀瞻，今有此事，旁能豈能諒我？

這種言行一致，自尊自重的做人品格，使人肅然生敬！

結語

自梁啓超以士人之聲光地位投身報業，中國報業之革新進步，由是啓始。自梁啓超藉報章以啓迪民智、開通風氣，政治社會變革之樞機與焉旋動。梁氏之創辦報刊，有如巨石投江，激起層漲繼湧波瀾，產生宏大而深遠影響，其個人事功成就，堪稱是中國報界第一人。

只是梁啓超的辦報興味，始終弱於他的政治興味。士人之辦報，因不能展佈經綸，大用於世，乃退而論書策以自見。其用心非以報刊爲目標，僅借之作手段而已。

士人飽受儒家薰陶，以從政爲分內事。因而，梁氏於王陽明、曾國藩之合學問與事功爲一，輒引爲理想人物；對王安石之變法救弊，亦備極景仰，又以「中國之瑪志尼」自擬。

時歐洲報社主持者，多爲政黨人物。在野時辦報，執政時則入閣。「朝罷樞府，夕進報館」，「昨爲主筆，今爲執政」，梁氏對此頗爲激賞。

顯然，中國近代報業因缺少全心全意致力奉獻的專業報人，而未能健全發展，雖然，梁啓超的報人地位不可搖撼。

（本文作者現任政治大學新聞系教授）

梁啓超的人才主義思想

■雷慧兒

人才和政治社會的關係，自古以來即深受各國政治領袖與學者所重視。在中國方面，梁啓超即是相當著名的一位。

綜觀梁啓超一生，皆以奉行人才主義爲職志。他相信一國之中，具有强烈的社會、政治意識，能夠提出新觀念、新方法以解決問題者，只有少數的優秀分子。因此，少數的優秀分子領導多數平凡的羣衆，乃是天經地義的事情。（註①）

雖然梁相信人才主義在應用上有普遍性，不過，梁也强調，在過渡時代的社會，人才格外能夠顯示出他們的價值。人才的種類甚多，梁所期盼的，乃是屬於可適用於過渡時代的一類，其性質類似於現今通稱的「知識分子」（Intellectual）。

知識分子的涵義，常隨時地的不同而有所差異，雖然如此，檢視現代學者對知識分子的界說，我們仍可歸納出兩個共同的論點：一、知識分子是追求觀念的人，他們從事於觀念的創造、修飾、解釋與傳播；二、知識分子對現狀不滿，他們是時代的批判者。而梁啓超心目中所期待的人才，便是屬於此類，擁有理論，能夠適用於過渡時代改革需要者。

按梁所置身的清末民初，因受西力大舉入侵的影響，是一個亟需大幅度改革的過渡時代，而人才因爲擁有變法圖强所需的意願與能力，因此，梁提出人才主義，做爲因應過渡時代中國改革需求的對策。

在前述知識分子從事於觀念的創發以至於實現的過程或功能之中，梁特別重視的，乃在於傳播的部分。換句話說，梁心目中的人才，在將所信服的理想或觀念教化羣衆，以形成社會風氣或時代思潮。（註②）

其次，再分析梁心目中的人才，是否具有前述知識分子的第二項特徵。前述知識分子的兩項特徵，實際應屬於一種現象的前後兩個階段。按知識分子之所以追求新觀念，乃係由於他們對現狀的不滿，認爲舊有的觀念與制度不再能夠滿足時代的需要，而必須予以修正或推翻。因此，他們在傳播新觀念之前，必然要對舊觀念以及保護舊觀念的舊制度有所批判，於是學界所謂知識分子的第二項特徵——對現狀不滿、對政治社會批判的性格於焉產生。知識分子這種批判舊觀念、舊制度的性格，也出現在梁對人才功能的議論之中。（註③）

在人才具備的知識特質方面，梁啓超特別重視道德或人格修養等規範性的知識。（註④）此一思想的淵源，可能來自他的儒學根柢。按以儒學爲基礎的傳統士大夫，皆普遍具有這種傾向。

梁雖然擁有科舉的功名，但他並不是一個純粹的傳統士大夫，因爲他所存在的清末民初，正是西力大舉入侵的過渡時代。西方的富强與西方的文化，爲近代中國的知識分子提供了除舊佈新的動機與知識。梁啓超重視道德修養的原則，雖然出自於儒家傳統，但就其倡導的道德內容來看，將會發現其中添加了新的成分。以下即就「新民說」這篇梁氏有關政治道德的主要論說爲例加以說明。

光緒二十八年，新民叢報創刊。該報的主要論說——「新民說」，可說是梁啓超有關政治道德見解的集大成之作。光緒二十九年美洲之遊以前所發表的部分，在倡導現代國民必備的公德，美洲歸來之後，則改爲鼓吹個人修身的私德。觀察他所列舉的公德項目，如國家思想、進取冒險、權利思想、自由、自治、進步、自尊、合羣、生利分利、毅力、義務思想、尚武等，都是西方國家認爲現代國民所必須具備的德行，所以他這一部分的思想，主要源出於西方。

美洲之遊歸來，梁的見解改變，認爲改革要以固有文化爲基礎，於是又重拾前此爲他所忽略的傳統道德。在傳統儒家修身的衆多德目之中，他選取了正本、愼獨、謹小三項，與讀者共勉。

關於「新民說」的詳細內容與進一步的分析，可參閱「新民說」本文與張灝的著作。（註⑤）不過，張灝的某些結論，則有進一步商榷的必要。張以「時務學堂學約」和「新民說」爲例，認爲其中受西方影響而形成的新的政治價值觀與公民道德，意味著它們已經取代了儒家聖賢經世的理想。（註⑥）茲將張對「新民說」的見解引述於下：

梁啟超確曾擷取傳統理學在人格訓練方法上的原則和概念，然而，儒家修身觀念中另外兩個重要成分，也就是「天下」的世界觀以及以儒家聖賢經世人格理想為核心所形成的那些道德價值，大部分已經失去了重要性。（註⑦）

「新民說」的道德典範，就其最終目的而言，誠如張灝的見解，是爲全體國民樹立的。我們也可以說，梁啓超的最終理想，在使多數國民都具備政治道德、能力以及有參政的資格。不過，梁所處的時代——清末民初，一般國民的知識程度普遍低下，因此，梁以爲除舊佈新的事業，必須由社會中少數的秀異分子來擔當。至於「新民說」一文，其眼前所欲造就的對象，同樣也是可在未來建立理想政府的人才。茲引述梁的有關議論一則於下：

鄙人之為新民說，豈徒欲吾民讀之，成一如歐美現今之善良市民而已。其意將以為階梯而有所變置。……曰有新民而後有新政府者，豈其取四萬萬人為前提而盡新之，而乃希望此黃金世界之政府湧於其後也。夫孰不知新民說之所能灌注者，萬人中不得其一也。而飛生必強以新民說與社會改良問題同一視，亦已過矣。……但吾儕今日所禱祝同歡迎者「震」也。而「震」之實行當從何塗？望得獨一無二之豪傑以自震之乎？抑望得多數無名之豪傑以共震之乎？如望彼多數者，則新民之論烏可以已。（註⑧）

這段文字明白的顯示，梁撰寫「新民說」的目的，並不在培養類似歐美的善良市民，所欲新之「民」，也並非是全國的人民。他的用意，只是想多培養幾位英雄豪傑，然後利用這些豪傑的力量來變置政府。

在梁啓超的救國藍圖之中，少數的優秀分子扮演著主導的角色，換言之，儒家聖賢的經世理想，在梁的心目中，依舊佔有十分重要的地位。我們不能因爲「新民說」的內容，添加了西方現代的公民道德，而推論儒家聖賢的經世思想，對梁喪失了重要性，按兩者在邏輯上並沒有必要的關聯。

由於梁本人對政治力量的重視，致使他討論人才修養的文字，多與政治有關。梁相信人才憑藉政治權力從事自上而下的改革，其勢較順且易，所以他所期勉或所欲造就的人物，若不是當道爲政者，便是可在未來建設理想政府的人才。

大體而言，梁對當時的政府懷抱希望時，言論的對象便針對政府；反之，若政府的舉措令他失望，望在上者一無可望時，便將努力的目標轉移於培植在野的人才。自清季以來，梁辦報的主要目的，即在培養理想中的從政人才。（註⑨）

梁所期許或所欲引導的人才，大體而言，係出自士大夫一類的智識階級。在梁所處的時代，尤其是清季的部分，具有學識者，僅占國民的極少數，所以，他們很容易成爲一個獨立的階層。例如，在清朝以前的傳統社會裡，擁有科舉功名的士大夫，便被歸類爲士紳階層。他們是政府官僚的來源，在社會上是有地位、有教養的人物。

梁雖然不曾對人才在社會上隸屬的階層或地位有過明確的界說，不過，在觀察他實際的社會與政治活動中所認同與聯結的人物時，將會發現他們大多來自於傳統的士紳階層。例如清季的維新派、立憲派、民初的進步黨，均屬於此類。（註⑩）

雖然維新派、立憲派、進步黨等當代知識分子的領袖均來自於士紳階層，不過，他們在知識分子中所占的比例卻有與日俱減的趨勢。隨著科舉制度的廢除，士紳階層逐漸沒落，在國內新的教育系統尚未整備之前，留學生以及其後受過大學教育的高等教育界人士代之而起，成爲知識分子的主要來源。（註⑪）梁啓超期許的對象，也自然轉移到他們身上。

在人才發揮影響力的途徑方面，梁受曾國藩的影響，認爲有在位與否的差別。所謂在位，即利用政治權力以規範人民的行爲；如不在位，則利用言論宣傳的方式來影響羣衆。比較這兩種途徑，若有良好的從政機會，梁寧可選擇在朝。其所以如此，理由有二：一則因爲當政者擁有合法的强制權力，人才欲使其理論或觀念「合法化」與「制度化」，需要憑藉當政者這種强制性的執行權力；二則就中國的國情而言，中國有悠久的專制傳統，兼以民智未開，在這種背景之下謀求改革，自是以少數人才實施開明專制最爲適宜。

先就前者而言，光緒二十九年梁自美洲之遊歸來之後，曾與革命黨發生激烈的論戰。當時梁在論及其所以主張憑藉現有的政治權力從事自上而下的改革時說：

所謂改良進化者，不可不取國民心理洗滌而更新之。然欲洗滌更新國民之心理，必非口舌煽動筆墨鼓吹所能為力，而必賴秩序之教育。故非教育機關整備而普及，則所謂改良進化者，終不能實現。（註⑫）

梁以爲改良國家的事業，必須先從革新國民心理開始，而革新國民的工作，不能專靠在野豪傑的書報鼓吹，必須仰賴秩序的教育。而梁所謂的秩序的教育，即指政府利用其强制力，整備學校教育機關，以從事普及國民教育工作。（註⑬）

學校這種教育行政機關，不是革命前的革命黨所能干預的，因此，梁以爲革命黨主張在革命前藉教育普及革命主義的想法，實際上有其困難。他說：

況乎教育行政機關，決非革命以前之革命黨所能干與也。而何從使公等之主義，藉教育之助長力，而普遍於全國民之心理也。然則公之所謂教育者，殆不過每月一期之貴報為獨一無二之機關耳。更進焉，則以一二之山膏的日報為補助機關耳。信如是也，則吾請正告公等曰：此等之教育事業，於養感情則有之，若云養實力，是欲適燕而南其轅也。（註⑭）

賈祖麟（Jerome B. Grieder）曾有專著探討近代中國知識分子的治國之道。（註⑮）他在書中指出，梁啓超與革命排滿者，提供開明專制一類的政治保育政策，做爲中國現代化的唯一答案，

而陳獨秀和其他新文化運動的知識分子，則主張教育是最佳的途徑。（註⑯）

如果參照上列梁啓超對民報的答辯，賈氏的說法顯然有欠妥當。蓋由上列引文可知，梁與革命黨皆承認教育對培養國民實力的重要性。不過，梁認爲教育國民的主要媒體，乃是學校一類的機關。此種教育行政機關，受政府所統制。因此，人才要想利用或推展理想的學校教育，就必須先從改良政府做起。梁所以倡言開明專制、保育政策，欲建立一個强有力的、以培養國民實力爲職志的政府，其理由在此。因爲有了這樣的政府，就不愁沒有理想的學校教育。可見梁也了解教育的重要性，只不過他將教育視爲開明專制政府的一項工作罷了。賈祖麟不知教育與開明專制二者在梁心目中的這層關係，而產生上述易於令人誤解的說法。

次就中國的國情而言，梁承認民主是實現强國理想的一種途徑。但就中國的情況而言，民智閉塞、民情渙散，實不宜遽行民主。因此，不如利用傳統君主的威權，統合民衆，從事由上而下的改革。（註⑰）

梁自清季以來曾經倡導君主立憲、開明專制、政黨政治等政治制度。這些制度之下的政府，其權力產生與分配的方式雖然有所差異，但就梁的解釋來看，都是「人才政治」的體現。就開明專制而言，視之爲人才政治是十分貼切的，就憲政的議會或政黨政治而言，卻未必是人才發揮的理想環境。因此，他主張過渡時代的中國，應當採取開明專制。然就現實的環境來看，能夠實行開明專制的當道在勢者，卻是可遇而不可求的。當梁在其開明專制理想受挫時，便提出憲政的主張，爲他的人才政治理想另謀出路。在此動機之下，梁的憲政主張，也富有濃厚的人才主義色彩。設非如此，他的人才政治理想，將因缺乏可資依附的政治體制而難以實現。以下即分析梁啓超政制主張之中所隱含的人才主義思想。

梁的政治理想在世界大同，以追求人類「全體」的最大幸福爲最終目標。西方以追求一國之中「最大多數的最大幸福」爲圭臬的民主制度，在梁看來，只能算是過渡時代的政治主張。至於中國，由於民智未開，使梁以爲連此過渡時代的資格都不具備，而應當先行君主立憲或是開明專制做爲準備。

在光緒二十九年美洲之遊以前，梁係以民主共和爲理想，以君主立憲爲過渡。他當時的言論宣傳，便以限制君權、倡導民權爲主。當時他雖然鼓吹民權，不過，他對清廷的要求，僅止於召開國會，讓人民擁有立法的權力，對於政府固有的行政權，他不但沒有要求削減，相反的，他還希望見到行政部門的强大。（註⑱）

光緒二十九年美洲之遊以後，梁改以君主立憲爲理想，以開明專制爲過渡。自光緒二十九年至三十二年這段期間，梁所屬意的君主立憲模式，乃是德日式的官僚政治。

光緒二十九年之後，梁所以明白主張取法德日式的官僚政治，與他在美洲之遊的見聞有關。梁在美洲華人社會的見聞，令他對國人自力習得政治智識的可能性產生疑問；加以觀察美國共和政治運作的結果，發現議院政治之下難以產生大政治家，與中國當前所需要的賢人專制不合，於是改而倡導君主立憲，取代前此的共和立憲做爲理想。按當時的共和立憲國家，悉數採行議院政治；而君主立憲國家，則有採行議院政治者，如英國，也有不採行議院政治者，如德國日本。

所謂議院政治，據梁的解釋，「政權全在議院謂之議院政治」（註⑲），且議院政治，「恆以議院之多助寡助，黜陟政府」（註⑳）。議院權力如此之大，又經由國民選擧所產生，因此，設若國民政治能力不足，則有淪爲暴民專制的可能。

至於德日等非議院政治國家，梁借用日本學者的說法，稱之爲大權政治。梁曾引用穗積博士的說法解釋大權政治。茲引述於下：

大權政治者，大權歸於元首，不特以為行政之首長，且以為立法之中樞，如日本及德意志列國中之一部是也。議會不過為立法預算之諮詢府，其權力有一定之限制。……輔弼元首之國務大臣，其進退任免，悉屬於大權之自由。此大權政治之綱領也。故政府非對於議會而負責任，乃對於天皇而負責任。日本有然，德國有然。事權歸於一尊，議會受成而已。（註㉑）

實行大權政治的國家，行政部門的大臣，假君主之名以行專制。因此，梁以爲如果行政部門任用得人，又能得君之專，則最適於民智未開、未能遽行議會或政黨政治的國家採行。（註㉒）

光緒三十二年七月，清廷頒下九年預備立憲之詔，打算先推行地方自治，養成人民的政治能力之後，再行召開國會，正式實施憲政。梁原先的想法與清廷相同，不過，當清廷頒布上述詔令之後，他又改變了主張，要求立即召開國會。

梁當時之所以有這種改變，就其對外公開的解釋來看，也是基於人才因素的考慮：一則鑑於具有新知的人才數量有限，選拔國會一個機關所需的人才，遠較全國衆多地方自治機關所需的人才爲少；二則受儒家思想的影響，認爲人才係以天下事爲己任，地方自治機關的職權僅限於一鄉或一鎭，而國會的職權涵蓋全國，故以後者較能引起人才的興趣。（註㉓）

在梁的觀念裡，有政治智識與興趣的人，僅占國民的極少數，實際參與政治者，就是這少數的秀異分子，國會亦然。（註㉔）

次就國會的選舉辦法而言，無論是梁個人的主張，抑或梁對未來清廷可能採行方案的推測，皆爲複選制。有選舉權者，只有國民之中少數的優秀分子。（註㉕）

光緒三十二年清廷頒布九年預備立憲的詔令以後，梁除了要求立即召開國會之外，在君主立憲的模式方面，也由前所主張的德日式大權或官僚政治，一變而爲英國式的議院或政黨政治。

當時梁之所以變更憲政取法的模式，其理由與要求立即召開國會相同，也是基於人才因素的考慮。

梁此前主張德日式官僚政治，係以朝廷任用得人爲前題，但是後來觀察清廷的改革措施，令他甚爲失望，認爲他們的智識能力，較在野人才猶低，因此改變主張，要求將國家大權集中於國會。如此將可以使在野賢才經由政黨的運作、國會的選舉，獲得一顯身手的機會。（註㉖）

前述令梁失望的清廷改革措施，乃係指光緒三十二年九月清廷的釐訂內閣官制之舉而言。清廷此度改革有名無實、不饜人望，使梁認定當政官僚政治智識不足，中國不宜官僚政治，而激發他組黨以及要求立即召開國會的意念。（註㉗）

此外，梁當時之改變主張，其中不無爲他個人與同黨出處考慮的因素在內。梁所謂的在野人才、民黨俊秀，乃係指他本人以及其他在野的維新或立憲派人士而言，姑不論這些人士的政治智識是否如梁所言較在朝官僚爲高，在野的知識份子，通常以憑藉政權此種途徑做爲實現抱負的優先考慮。因此，當光緒三十二年七月清廷頒布預備立憲之詔，梁便有籌組政黨、請願速頒憲法、速開國會、改主英式政黨政治等一連串一反過去主張的行爲。按梁等維新或立憲派人士，既主張在現有的滿清政權之下從事溫和漸進的改革，清廷的頒布立憲之詔，無疑給這些改革派人物一線生機，兼以梁濃厚的政治慾望，遂改變了舊有的主張，迫不及待的要求清廷立即召開國會，加速開放政權給在野人士的步伐。

依學理事例，實施憲政須以人民具備法治觀念爲前題，而梁亦知國人自治能力不足的問題依舊存在，在這種情勢之下，梁若改變主張要求立即實施憲政，顯然必須對黨政提出另一套新的解釋。

關於國人自治能力不足的問題，梁除開主張國會選舉採取複選制予以解決之外，在這段期間，他曾在自己與立憲派人主持的報刊上發表多篇有關憲政知識的論說，由這些論說看來，在梁的心目中，在萌芽時代的政黨政治，也是一種賢人政治，政黨本身，是由具有相同信仰的人才組織而成的。（註㉘）

立憲或政黨政治甚且被梁視爲變相的開明專制。梁在立憲時期的最終理想是希望立憲派人士能透過政黨政治而成立英國式的政黨內閣。梁認爲政黨的政策係由黨魁所決定，黨員皆受黨魁的指揮，而實行政黨內閣制的國家，國會多數黨的黨魁，即爲內閣總理大臣，是故政黨政治實際等於是大臣專制政治。（註㉙）

依梁的見解，政黨或議會政治，表面上是一種多數政治，而實質上卻由少數人才從中主持和指揮的。他曾撰有「多數政治之試驗」一文，强調政黨政治富有「人才主義」的精神。（註㉚）

雖然梁將西方的議會或政黨政治解釋爲少數政治，但是，他也特別强調這種少數政治的性質和傳統的君主或貴族政治不同。梁認爲政黨或議會政治，雖然是由少數政黨領袖主持指揮。但是，只要他們所制定的政策，能符合多數國民的利益，得到多數國民的支持，仍然是合乎民主政治「多數參與」的原則。在這樣的解釋之下，梁使他所屬意的人才主義，得以在民主政治之下繼續生存，可以和民主政治並行不悖。（註㉛）

張灝根據「新民說」，認爲梁在該文中主張將參政權開放給公民，與傳統儒家「君子」人格理想以培養政府官僚或地方領袖爲目的的情形不同，因而論斷梁的「新民」理想是平等主義，儒家的「君子」人格理想是精英主義。而學界其他有關梁啓超憲政、民權言行的研究，普遍也是在視梁爲民主運動先驅的觀點之下出發的。

然就事實而言，梁的政治主張有過渡時代與最終理想的差別。自清末以來的中國，無論是梁本人的見解，抑或時下一般的觀點，皆是處在通往「現代化」或國家富强理想的過渡階段。而梁所發表的議論，多數也是爲提供過渡時代中國的因應之道而發。從本文的分析可知，他爲中國提供的策略，雖因時勢境遇的不同而有所變化，但是，人才主義的原則是始終一貫的。換句話說，儒家的精英主義在梁的心目中依舊占有擧足輕重的地位。

前文曾經提及，在人才對觀念的創發、詮釋、修飾及傳播等功能之中，梁最重視的，是傳播的功能。所謂傳播，簡言之，即是使所信仰的觀念在現實的世界中實現。人才在發揮此項功能的過程中所受客觀環境的影響，顯然較他項功能爲大。對於人類歷史文化形成的動力問題，梁自認是心物調和論者。（註㉜）不過，我們若就梁對人才主義的信仰與提倡來看，他應該是較偏向於唯心論的。在梁的議論之中，經常强調少數優秀分子的主觀意識可以改造客觀的環境。但是，當他的理想因爲客觀因素的限制而受挫時，又不得不承認環境對個人的影響力。民國十一年，他在所著「先秦政治思想史」結論中表白過去的心路歷程時說：

> 吾儕斷不肯承認機械的社會組織為善美，然今後社會日趨複雜，又為不可逃避之事實。如何能使此日擴日複之社會，不變為機械的，使箇性中心之仁的社會，能與時勢駢進而時時實現，此又吾儕對于本國乃至全人類之一大責任也，吾確信此兩問題者，非得合理的調和，末由拔現代人生之黑暗痛苦以致諸高明。吾又確信此合理之調和必有途徑可尋，而我國先聖實早予吾儕以暗示。但吾於其調和之程度及方法日來往於胸中者十餘年矣，始終蓋若或見之，若未見之。（註㉝）

梁雖然認知心物有調和的必要，卻始終未能覓得一條可行的途徑。分析這種困局之所以形成，我們可以從梁個人具備的條件與他所處客觀環境之間的差距加以解釋。

梁本人濃厚的文人性格，適合在承平時期從事建設的事業。然而觀察梁所處時代的客觀情勢，卻不是從事革新建設的理想時代。

先就清末而言，梁所欲依附的滿清政權，其異族政權的本質，對中國革新事業的障礙，隨著國人對改革需求的增高而日益明顯。因此，認同革命黨主張在政治革新之前應先行種族革命見解的人日益增多，相對的，贊同梁在滿清政權下從事改革主張的人日益減少。

次就民初而言，民初正當改朝換代之際，政局持續動盪不安，謀求中國的統一與秩序乃是當務之急。梁的廢兵主和要求與在野的文教事業，自是難以取得共鳴。排滿革命與中國的統一戰爭，分別代表清末與民初的時代思潮，梁當時的主張，顯然未能對應時代的需求。

由梁個人的經歷可知，人才理念的實現，有賴於社會大衆的響應，而社會大衆是否響應，則視人才的主張是否反映了他們的需求。

註釋：

①中國國會制度私議，飲冰室文集之二十四（上海，中華，民國二十五年）頁二三；及中國立國大方針，飲冰室文集之二十八，頁七六。

②與穰公同年書附，見丁文江編，梁任公先生年譜長編初稿（台北，世界，民國四十七年）頁二一；成敗，自由書，飲冰室專集之二，頁三；清代學術概論，飲冰室專集之三十四，頁一～二；袁世凱之解剖，飲冰室文集之三十四，頁九。

③說希望，飲冰室文集之十四，頁二〇；國民十大元氣論，飲冰室文集之三，頁六三；管子傳，飲冰室專集之二十八，頁一二。

④立憲政體與政治道德，飲冰室文集之二十三，頁五六。

⑤Chang Hao, Liang Ch'i-ch'ao and Intellectual Transition in China, 1890–1907,（Cambridge, Mass, Harvard Universily Press, 1971）

⑥Chang Hao, p.120, 294, 298, 299.

⑦Chang Hao, P.294.

⑧答飛生，飲冰室文集之十一，頁四三。

⑨吾今後所以報國者，飲冰室文集之三十三，頁五二。

⑩張朋園，立憲派與辛亥革命（台北，中央研究院近代史研究所，民國五十八年）頁二六～三一；及張朋園，梁啓超與民國政治（台北，食貨，民國六十七年）頁二九九——三〇〇。

⑪張朋園，清末民初的知識分子，載於「思與言」雜誌，七卷，三期（台北，民國五十八年九月）。

⑫暴動與外國干涉，飲冰室文集之十九，頁五四。

⑬答某報第四號對於本報之駁論，飲冰室文集之十八，頁九四～九五。

⑭同註⑬，頁九三～九四。

⑮Jerome B. Grieder, The Intellectuals and the State in Modern China: A Narrative History（The Free Press, 1981）

⑯Jerome B. Grieder, p.298.

⑰與嚴幼陵先生書，飲冰室文集之一，頁一一〇。

⑱愛國論，飲冰室文集之三，頁七六，七七；論立法權，飲冰室文集之九，頁一〇七；政治學學理摭言，飲冰室文集之十，頁六八～六九。

⑲開明專制論，飲冰室文集之十七，頁六四。

⑳同註⑲，頁六五。

㉑同註⑲，頁四三，四七。

㉒同註⑲，頁六六，六七。

㉓論政府阻撓國會之非，飲冰室文集之二十五（上），頁一一七～一一八。

㉔同註㉓，頁一一九。

㉕中國國會制度私議，飲冰室文集之二十四，頁七五。
㉖讀十月初三日上諭感言，飲冰室文集之二十五（上），頁一五一。
㉗丁文江，梁任公先生年譜長編初稿，頁二一四～二一五。
㉘政聞社宣言，飲冰室文集之二十，頁二七。
㉙開明專制論，飲冰室文集之十七，頁四八。
㉚多數政治之試驗，飲冰室文集之三十，頁三六，三七。
㉛新中國未來記，飲冰室專集之八十九，頁二五。
㉜梁啓超，英雄與時勢，自由書，飲冰室專集之二，頁九～一〇；及梁啓超，非「唯」，飲冰室文集之四一，頁八二～八三。
㉝先秦政治思想史，飲冰室專集之五〇，頁一八四。

（本文作者現任陸軍官校副教授）

但開風氣不爲師

——中國近代文學史上的梁啟超

■林明德

一、前言

倘若晚清文學運動是本土的前五四運動，晚清文學是現代文學的先行，那麼，毫無疑問的，梁啓超就是中國近代文學史上的主導人物。

不過，自五四以來，「晚清」，一直是中國文學發展史上的斷層部分，更遑論梁啓超與近代文學的關係了。

然而，我們以為，正視此一歷史事實並且進行探索，是刻不容緩的。唯有如此，我們才能清楚梁啓超在中國近代文學史上的地位，彌補中國文學史上的那頁空白。

其實，梁啓超與中國近代文學的關係，是建立在文學界革命之上。所謂文學界革命，是指晚清（一八四〇～一九一一）的文學運動，包括：詩界革命、散文界革命、小說界革命，與戲劇界革命。在諸種文學運動中，梁啓超不僅躬逢其會，並且導引趨勢，推波助瀾，為近代文學締造嶄新的景觀。茲分別陳述於下。

二、詩界革命

晚清文學運動，最先上場的是詩界革命。一八六八年，黃遵憲的〈雜感詩〉，被視為「詩界革命的一種宣言」；但是，詩界革命，大概是在一八九六到一八九七年之間，才被正式提出。首倡者是譚嗣同與夏曾佑兩人，似乎專指「撏撦新名詞，以自表異」的「新詩」，理論則闕如。

一八九九年，梁啓超《夏威夷遊記》主張的詩界革命，是承續上述諸人的觀點，加以調適之後，所推出的理論，內涵較爲周延，包括三種重要因素，即：㈠新意境、㈡新語句、㈡須以古人之風格入之。並且肯定具備這三種重要因素的人，才可以爲二十世紀支那之「詩王」。

一九〇二年到一九〇七年，連載於《新民叢報》的〈飲冰室詩話〉，曾揭示「詩界革命」的精神：「過渡時代，必有革命，然革命者當革其精神，非革其形式。吾黨近好言詩界革命，雖然若以堆積滿紙新名詞爲革命，是又滿洲政府變法維新之類也。能以舊風格含新意境，斯可以舉革命之實矣。」可見，「詩界革命」是要求從詩歌的內容到語言技巧的革新，所謂「能以舊風格含新意境」（革其精神），不祇是「堆積滿紙新名詞」（革其形式）而已。

這裡，特別要說明的是，「新意境」是一種獨闢的情境、妙想，是一種「意遠情深，皆未經人道語」的表現。形式固然可以別出心裁，卻必須淵含古聲。他繼承中國詩歌的抒情傳統，除了重複儒家詩學「溫柔敦厚」的觀念之外，又兼顧詩歌「芳馨悱惻」的質素，以臻「鎔鑄新理想以入舊風格」。

至於「新語句」，他强調詩歌的語言，可以奇險，也可以用民間流行最俗、最不經之語入詩，但必須「淺而有味」、「雅馴溫厚」，才有可能在詩界大放異彩，這與劉勰「斟酌乎質文之間，檃括乎雅俗之際」的通變觀念，頗爲一致。他意識到：語言是時代的產物，因此，詩界必須接納新名詞，才能呼應時代的脈搏，爲詩界開一壁壘。然而，新名詞的運用，並非放任的，必須考慮詩歌的形式與內容，一味堆積新名詞以立異，絕非「詩界革命」的本意，正如他的自我批判，「此類（撏撦新名詞）之詩，當時沾沾自喜，然必非詩之佳者，無俟言也；吾彼時不能爲詩，時從諸君子後學步一二，然今既久厭之。」

之外，對詩歌與音樂也加以討論，他以爲兩者都屬於精神教育，是改造國民品質的要件之一，爲發揚中國人蹈厲之氣，特以黃遵憲〈出軍歌〉二十四首爲例證，肯定其在文藻之造詣乃二千年所未有，而精神之雄壯活潑，沉渾深遠，足以喚醒國魂，是「新語句」的一種典範。顯然，在他的觀念裡，詩、樂似乎是二而一，兩者的調適方法是：「以最淺之文字，存以深意，發爲文章。」對於當時的詩壇，或孜孜於古人詩集夾縫尋找出路，或新異馴致堆積滿紙新名詞，不啻是一針砭。

從《飲冰室詩話》可以看出，他對上自風騷下迄近代的詩歌傳統，有相當的同情與諒解，他尊重它，卻不執著，因爲他深知文學的時代與情勢，「須以古人之風格入之」的提出，便表現了通變的文學智慧。儘管「古人之風格」，千彙萬端，但「芳馨悱惻」與「溫柔敦厚」是共同的指向。

在清末民初的詩運當中，梁啓超的「詩界革命」，曾扮演相當重要的角色，固然，被繼起的白話詩取而代之，以至黯然失色。然而，就中國文學發展史上看，「詩界革命」，仍有其嚴肅的意義在，因爲，它是晚清古典詩與白話詩的過渡，是古典詩的革新，也是白詩話的先驅；它也是《飲冰室詩話》美學的基準，論詩的憑藉；尤其是，他所揭櫫的眞諦：「過渡時代，必有革命，然革命者當革其精神，非革其形式。」的確發人深省。

一九一七年一月，胡適在〈文學改良芻議〉提出「八不主義」，周策縱、王潤華都認爲大概是受到龐德〈幾個不〉一文的影響。不過，我認爲發行於一九○二到一九○七年的《新民叢報》，正是胡適十二歲到十七歲的時候，對他的影響也不可忽視，他曾自白：「梁啓超當他辦《時務報》的時代已是一個很有力的政論家；後來他辦《新民叢報》，影響更大。二十年來的讀書人差不多沒有不受他的文章的影響的。」（五十年來中國之文學）在《飲冰室詩話》裡，我們可以找到「八不主義」的影子。

再證之於朱自清的話：「清末夏曾佑、譚嗣同諸人已有『詩界革命』的志願。……這回革命雖然失敗了，但對於民七的新詩運動，在觀念上，不在方法上，卻給予很大的影響。」（中國新文藝大系：詩集導言）

情況更加清楚：白話詩的誕生，是在梁啓超「詩界革命」的基礎上的再革命。

三、散文界革命

在梁啓超「文學界革命」的環節裡，幾乎是理論、實踐，相輔相成的，詩界、小說界、戲劇界，莫不如是，唯一例外的是散文界。換句話說，「新文體」風靡時，他並沒有提出有關的革命「宣言」，馴致理論。

從一八九五年起，他就以「條理明晰」的文章，與帶有情感的筆，贏得了「言論界的驕子」的冠冕；他那「廣民智、振民氣」的文章，或說理或議論或政論或雜文，酣暢恣肆，往往引人入勝，因此，發揮了「言論之力」。將近三百五十萬字的散文，正好說明了他是寓理論於實際創作的散文家。這是值得探索的問題。先談「新文體」的歷史。

大致上說來，桐城派古文到了清朝中葉，已出現式微之勢，固然，咸、同年間，因曾國藩尊崇桐城派古文，一度出現中興氣象，但是，隨著他的逝世（一八七二），桐城派無可挽救的瀕臨絕境。代之而起的是維新派的「報章文體」——一種「備哉燦爛」的新文體。在維新派當中，眞正扭轉此一文運關鍵的是譚嗣同與梁啓超兩人。譚生於同治四年（一八六五），長梁八歲，是晚清思想界的「彗星」，文章獨樹一幟，不過，這位爲中國流血的第一烈士，殉於戊戌政變（一八九八），因此，發揮「新文體」的光輝與魅力，則有待梁啓超的後繼表現了。

早在戊戌以前，梁啓超的文章已非桐城派古文所能範圍得了的，開始，他受到康有爲的影響，精研《宋元學案》、《明儒學案》、《傳習錄》等書，對語錄體有相當深刻的體會；接著，因譚嗣同的關係，研索佛書，對佛學辭彙、佛經翻譯文法，極爲留意，所以，當時他寫的時務文章，經常會有上述的若干影響。一八九八年，他亡命日本，多年的「日本經驗」——「自此居日本東京者一年，稍能談東文，思想爲之一變。」（三十自述）文體再次解放，並以「中國の德富蘇峯」自期，他曾說：

余既戒為詩，乃日以讀書消遣，讀德富蘇峯所著《將來之日本》，及《國民叢書》數種。德富氏為日本三大新聞主筆之一，其文雄放雋快，善以歐西文思入日本文，實為文界別開一生面者。余甚愛之，中國若有文界革命，當亦不可不起點於是也；蘇峯在日本鼓吹平民主義甚有功，又不僅以文豪者。（夏威夷遊記）

中國之有報章文學，大概是從梁啓超開始的，他曾肯定報館有益國事，能「起天下之廢疾」，而報紙則是「進化之一原力」。自光緒二十一年（一八九五）開始，到一九一六年爲止，他先後創辦而且主持了九種報章雜誌，包括：《中外公報》、《時務報》、《清議報》、《新民叢報》、《新小說》、《政論》、《國風報》，以上七種在清季；《庸言》、《大中華》，以上兩種在民國。

在這過程，他的散文經驗一路風華，而「新文體」也發揮了不可思議的「言論之力」，攪動了晚清的政治、社會、文化……。他曾追憶此一文體的奧祕：「啓超夙不喜桐城派古文，幼年爲文學，學晚漢魏晉，頗尙矜鍊，至是解放，務爲平易暢達，時雜以俚語韻語及外國語法，縱筆所至不檢束，學者競效之，號『新文體』。老輩則痛恨，詆爲野狐，然其文條理明晰，筆鋒常帶情感，對於讀者，別有一種魔力焉。」（清代學術概論）

胡適親自驗證「這種文字在當日確有很大的魔力」，並解析「這種魔力」的奧祕是：

㈠文體的解放，打破一切「義法」、「家法」，打破一切「古文」、「時文」、「散文」、「駢文」的界限。

㈡條理的分明，梁任公的長篇文章都長於條理，最容易看下去。

㈢辭句的淺顯，既容易懂得，又容易模倣。

㈣富於刺激性，「筆鋒常帶情感。」（五十年來中國之文學）

「新文體」誕生於晚清，表面上看來，似乎是受到維新思潮的影響。其實，往深層追蹤，當可發現，公羊學者與經世致用學者的文風與寫作理念，恐怕才是「新文體」作者的導引，質言之，王夫之、黃宗羲、顧炎武諸大儒「以經術而影響於政體」的經世致用，與龔自珍、魏源「引公羊義譏切時政，詆排專制」的經術政論，早被晚清維新派所繼承、發揚光大，於是創造了驚聽回視的「新文體」。

梁啓超二十年多的「政治生涯」，扮演「理論的政談家」的角色，以「言論之力」報効國家，這一眞相，應該可以從上述的分析得到瞭解。

次談文章構造的原則。

檢視《飲冰室合集》，可以發現梁啓超對於散文的理論，一直到民國七年以後，才陸續推出，尤其是十一年的〈作文教學法〉一文，其理論架構才臻於完備之境。

〈作文教學法〉，演講於東南大學，也是爲中學以上作文科教師講授與學生自習而撰寫的講義，他指出：「主意在根據科學方法研究文章構造之原則，令學者對於作文技術得有規矩準備，以爲上達之基礎。」表面看來，似乎是文章入門，然而，裡面卻涉及到相當複雜的技巧與類型等問題，所以，視之爲散文理論，應該是不成問題的。其實，透過這篇文論，我們不難發現「新文體」的奧祕，因爲，它是作者的經驗論。

基本上，他認爲文章可以分爲三種，即：

㈠記載文

㈡論辯文

㈢情感文

不過，這只能說是大概的分類，有時一篇之中，往往兩種或三種並存的。其中，第三種比較多美術性的成份，相關的研究已見於一九二二年的〈中國韻文裡頭所表現的情感〉，因此，這裡衹論述記載文與論辯文兩類。先談「記載文」。

一般說來，凡是敍述客觀事實者，稱之爲記載文，這類文體可以分爲四種，即：1.記物件之內容或狀態；2.記地方之形勢或風景；3.記個人之言論行事及性格；4.記事件之原委因果，又稱爲記事文。

他强調，無論作何種記載文，一定要注意兩個原則：第一、要客觀的忠實，第二、敍述要有系統。固然，記載文有把客觀事實全部記載的，不過，其通例，總是限於部分的記述，而且，雖僅「

限於一部分，而能把全部的影子攝進來」，便是佳作。他指出，部分記述的方法有四種，即：⑴側重法、⑵類概法、⑶鳥瞰法、⑷移進法。

這四種部分記述的方法，比較適合記載文的第一、二類，因爲它們所記載的都屬於靜態，應用「物理或數理的觀察法」，便綽綽有餘；至於第三、四類，必須寫出動態，非兼用「化學的觀察法」不可。

在他的觀念裡，記載文的第四類（記事文）最棘手，因爲，一篇記事文是把許多動作聚攏來處理，而事情總不會孤立，是以，記一件事也就是記一組事。因此，把許多性質不同的事整理成爲一組，就必須仰賴看家本領：整理時間空間的關係。總之，理想的記事文是，「行文詳略，要跟著主要目的去斟酌，像畫畫要有濃淡凸凹，唱歌要有疾徐高下，最忌把文章做成一個平面。」

次談「論辯文」。

顧名思義，就是用文字發表自己意見，希望別人從我。又可分爲五種，即：1.說諭、2.倡導、3.剖釋（又稱考證）、4.質駁（又稱對辯）、5.批評。他指出，做論辯文必須注意兩個條件：㈠耐駁，㈡動聽，無疑的，這也就是論辯文的最高境界了。

值得注意的是，論辯文與邏輯學的關係至爲密切，其中的推理方法——或演繹或歸納——往往關係文章的好壞。演繹推理的形式，包括：

㈠大前提
㈡小前提
㈢斷案（即結論）

論辯文雖有長短之分，而內在結構不外這三層組織，例如，賈誼〈過秦論〉的思辯形式是：

㈠守國要用仁義（大前提）

㈡秦不以仁義守國（小前提）

㈢所以秦國不能守（斷案）

於此可見，推理方法是論辯文的深層組織，也是一把無形的檢驗尺。梁啓超的文章構造原則，是文章三昧的經驗論，看來平實簡易，卻是經過一番苦心孤詣的文學智慧，不愧爲深入淺出的方法論。

最後，我們願意指出，在論述文章構造的原則時，他往往以文言文爲範例，忽略語體文。他聲明「並非對於語體文有什麼不滿。」實際上，文言文已應用了二千多年，「許多精深的思想和優美的文學作品皆用他來發表。」所以，應該學習文言文，最起碼要能讀它能解它。相對而言，語體文還在發達、幼稚時代，可作範例的並不多。其實，「文言和語體我認爲是一貫的，因爲文法所差有限的很。會作文言文的人，當然會作語體；或者可以說，文言用功愈深，語體成就愈好。」此等識見可謂前所未有，在文言、白話爭論不已的今天，他的散文經驗值得我們去參證、思考。

梁啓超從散文創作的經驗整理出散文理論，爲中國文學批評史增添不少光彩；然而，藉著他的散文理論，我們不僅揭開了「新文體」的奧祕，也體會了「新文體」的美感。

四、小說界革命

在晚淸文學運動中，「小說界革命」，毋寧是聲浪最大也最引人注目的一環。平心而論，這與主導人物梁啓超的實際運作有密切的關係。他不僅建立小說理論，提倡新小說與政治小說，創辦

《新小說》雜誌，還親自參與創作與翻譯外國小說。從理論到實踐，他幾乎全幅投入，眞不愧是「小說界革命」的導師。

大致上說來，他的小說理論，主要見之於下列八篇文章，即：㈠《變法通議》：〈論幼學〉（一八九七）；㈡〈蒙學報演義報合敍〉（一八九七）；㈢〈譯印政治小說序〉（一八九八）；㈣《自由書》：〈傳播文明三利器〉（一八九九）；㈤〈中國唯一之文學報新小說〉（一九〇二）；㈥〈論小說與羣治之關係〉（一九〇二）；㈦〈小說叢話〉（一九〇三）；㈧〈告小說家〉（一九一五）。

八篇依次發表，顯示他的小說理論充實之歷程，其中始終不變而且貫穿的理念是：喚起民衆與改良政治。在㈠、㈡兩篇，他認爲小說能激發國恥、振厲末俗，「今日救中國第一義」乃在「教小學教愚民」，最好的途徑，非藉「小說之力」不可。面對「我支那之民不識字者，十人而有六，其僅識字而未解文法者，又四人而三」的情況下，小說教育功能的發揮，不能不考慮到小說語言的通俗化，於是，他提出「今語」、「俗語」、「俚語」的運用，其實，這些就是「白話」。從這裡可以看出，他的白話文學之主張，較胡適早了十年以上。

一八九八年，「百日維新」失敗，十月，梁啓超流亡日本，十一月在橫濱創辦《淸議報》，繼續宣傳維新思想，特闢「政治小說」一門，以作爲國家改革的媒介，同時以〈譯印政治小說序〉來詮釋「政治小說」的功能。這篇序文充分發揮了它的影響力，觸發人們重視小說與時政的關係，引起大衆對外國小說的興趣，促使晚淸小說分類（標籤）的風氣；由於他指明了翻譯小說的實際意義，對國內小說、戲劇的創作有很大的鼓舞作用，晚淸翻譯小說蔚爲風氣，顯然是受到他的啓迪的。

㈣、㈤兩篇，承續上述的看法，堅持小說的「魅力」，更別出心裁的開闢了「論說」一欄，把小說理論的研究納入小說的範圍，希望透過小說理論的研究，替中國小說界開創「新境界」，其影響是不容忽視的。

一九〇二年底，梁啓超在横濱創辦的《新小說》雜誌，正式推出，發刊辭是〈論小說與羣治之關係〉。這篇三千多字的文章，不僅延續上述論文的重要觀點，並且進一步在小說理論上，有了突破、周延的建構，可以說是「小說界革命」的正式宣言。他開宗明義的說：

> 欲新一國之民，不可不先新一國之小說。故欲新道德，必新小說，欲新宗教，必新小說，欲新政治，必新小說，欲新風俗，必新小說，欲新學藝，必新小說，乃至欲新人心欲新人格，必新小說。何以故?小說有不可思議之力支配人道故。

具體而全面的肯定小說之不可忽視的影響力，眞是言人之所未言。他歸納中外小說的範疇，大概不外寫實派與理想派，並且論斷：小說爲文學之最上乘。接著，他剖析小說「支配人道」的四種力：薰、浸、刺、提；「前三者之力，自外而灌之使入，提之力，自內而脫之使出，實佛法之最上乘也。」

基本上，他的四力說，是佛學經驗加上心理學的觀點，融會貫通的結果。不過，對四力的產生與關係，深入淺出的論證，使他的小說美學具有一定的理論根據與說服力量。

最後，談到小說與羣治的關係時，頗爲語重心長，據他的觀察，傳統小說所釋出的思想，無非是羨慕狀元宰相、才子佳人、醉心科學、追求名利、迷信妖巫狐鬼、反對修路開礦、想當江湖盜賊、沉溺聲色、消極頹廢、人情澆薄、風俗敗壞，及淪陷京國、啓召外戎等等，都是「中國羣治腐敗之總原」。因此，他大加撻伐「陳陳相因，塗塗遞附，故大方之家，每不屑道」的小說；然而，他理想中的小說是，能描寫新時代，表達新思想的，所謂「作小說者無論聘其冥想至何程度，而一涉筆敍事，總不能脫離其所處之環境，不知不覺，遂將當時社會背景寫出一部分，以供後世史家之取利。」（中國歷史研究誌）

在中國小說史上，〈論小說與羣治之關係〉是一篇劃時代的小說理論，它，提升了小說的地位，使「小說」取得合法的「身分證」，扭轉「大方之家，每不屑道」的心理，曾樸見證說：「似乎小說的地位，全仗了梁先生的大力，增高了一點。」之外，也喚醒小說家提高國民的政治認識，推動晚清小說的創作與翻譯，引發小說理論的辯駁，推動小說的通俗化，造成中國小說史上一個最繁榮的時代。

晚清小說，是小說界革命結的果，它既是前五四本土文學運動的一環，也是「現代小說」的先行。但是，六十多年來，現代文學研究大都集中於「五四」以後，不能不說是一種失忽，我們認爲正視並加以研究，才能清楚中國現代小說發展的脈絡。

爲了例證他的小說理論，他同時發表一篇約二萬字的「政治小說」〈新中國未來記〉，正式拉開晚清新小說的序幕，也引起繽紛一時的立憲小說熱潮。

五、戲劇界革命

晚清，從同治元年（一八六二）到光緒二十年（一八九四），苦心經營「求强求富」之道，但是，這三十多年的自強運動，卻初挫於一八八四年的中法戰爭，再挫於一八九四年的中日之戰，老邁的王朝，幾乎崩潰，對於民心士氣的打擊，更是無以言喻，梁啓超曾說：「喚起吾國四千年之大夢，實自甲午一役始也。」（戊戌政變記）

在這存亡絕續之際，如何喚醒國人、再現中國魂，是知識分子的共同認定，於是，成立學會、發行報刊、創辦學堂，並且強調小說戲劇的催化功能，接踵而來。例如，光緒二十三年（一八九七），葉瀾的〈蒙學報緣起〉就說：「必教以古今雜事，如說鼓詞，童子所樂聞也。」梁啓超特以〈蒙學報演義報合敍〉給予聲援，並且申述：「西國教科之書最盛，而出以遊戲小說（按、當時『小說』包含『戲劇』）者尤夥。故日本之變，賴俚歌與小說之力，蓋以悅童子，以導愚氓，未有善於是者也。他國且然，況我支那之民不識字者，十人而六，其僅識字而未解文法者，又四人而三乎？故教小學教愚民，實爲今日救中國第一義。」

在《飲冰室詩話》，他强調：

歐美學校常於休業時，學生會演雜劇者，蓋戲曲為優美文學之一，上流社會喜為之，不以為賤也。

之外，還有「轉移風化之權」。對當時的戲劇作者與觀衆的觀念之激盪，一定有正面的影響。因此，把這段話當作他的戲劇界革命之宣言，亦無不可。從此，戲劇界覺醒了，戲劇理論也百花齊放。例如，蔣觀雲說：「欲保存劇界，必以有益人心爲主；而欲有益人心，必以有悲劇爲主。」三愛（

陳獨秀）認爲戲曲「足以移人之性情」，對於觀衆「思想之變化，有不可思議者也。」至於箸夫也以爲戲曲可以「喚起國民之精神」，「起尚武合羣之觀念，抱愛國保種之思想。」

顯然，這些看法多少是受到梁啓超的影響的。

透過歐洲、日本詩樂的實例驗證，使他深信，想要改造國民的品質，那麼，把詩樂視爲精神敎育，是可行的法門。這種理念終於落實到戲曲的改良上。他身體力行，寫出「文情斐茂、音節激昂」的〈易水餞荊卿〉與「在俗劇中開一新天地」的〈班定遠平西域〉，爲戲劇界革命揭開序幕。就我們的瞭解，他的劇作，除了上述兩篇（只見於《飲冰室詩話》引錄）之外，還有，〈劫灰夢傳奇〉、〈新羅馬傳奇〉與〈俠情記傳奇〉。其中〈新羅馬〉本來計劃是「四十齣詞腔科白，字字珠璣」，將「意大利建國事情逐段摹寫，繪聲繪影，可歌可泣」，然而，最後祇寫了七齣與楔子；其餘都祇寫了兩種一齣而已。

相對於晚清的傳統戲劇，〈新羅馬傳奇〉，不論曲詞賓白、關目排場、腳色妝扮、插科打諢、音樂搭配，都有了顯著的變化，幾乎不合傳統體式，馴致有韻雜宮亂之象，這正好說明了傳統戲劇與現代戲劇轉捩過程的一種必然之現象。

他認爲戲劇與小說一樣，具有喚醒大衆，改良社會的功能在，因此，他直截了當的說：「若演此作劇，誠於中國現今社會最有影響。」倘若說〈新中國未來記〉是政論的小說化，那麼〈新羅馬傳奇〉就是政論的戲劇化了。阿英在〈覺醒的戲劇界〉一文曾說：

> 戲劇運動的旗幟是鮮明的：「改革惡俗，開通民智，提倡民族主義，喚起國家思想。」強調的是

：「以霓裳羽衣之曲，演玉樹銅駝之史。凡揚州十日之屠，嘉定萬家之慘，以及虜酋丑類之慆溪，烈士遺民之忠蓋，皆繪聲寫影，傾筐倒篋而出之。華夷之辨既明，報復之謀斯起，其影響捷矣。」目的是要借「清歌妙舞，招還祖國之魂。」觀點獨特，頗能反映晚清戲劇界的現象與精神。但是，我們願意指明的是，激盪此一情勢的關鍵人物，當屬梁啓超。他不僅肯定戲劇文學，提昇戲劇品質，推出戲劇理論，並且身體力行，發表戲劇作品，從理論到實踐，他都是「開風氣之先」的人物。

六、結論

周作人在《中國新文學的源流》云：

> 自甲午戰後，不但中國的政治上發生了極大的變動，即在文學方面，也正在時時動搖，處處變化，正好像是上一個時代的結尾，下一個時代的開端。（第五講〈文學革命運動〉）

透過文學界革命眞相之探索，我們證明了梁啓超就是處在這關鍵上的重要人物。他在詩界、散文界、小說界與戲劇界的實際表現，理論與實踐並行，但開風氣不爲師，是不容忽略的。唯有正視他，還他一個歷史的眞面目，我們將會發現他的苦心孤詣是那般的肅穆偉大。

在中國近代文學史上，梁啓超的表現，是值得探索的。

（本文作者現任輔仁大學中文系教授）

■編輯部

綜合討論

時　間：八十年一月二十日上午九時

地　點：台北市復興南路「文苑」

主　席：李瞻（政大新聞所教授）

論文撰述：賴光臨（政大教授）

雷慧兒（陸軍官校副教授）

林明德（輔大教授）

特約討論：張朋園（中研院近史所研究員）

馬起華（政大教授）

皇甫河旺（輔大教授）

劉紀曜（師大教授）

方蘭生（文化大學副教授）

主席致詞

李瞻：

梁啓超是近代歷史上家喻戶曉的人物，他不僅是報人、學者、思想家，也是政治家、教育家、文學家。今天的三篇論文分別探究了其報業思想、政治思想、文學思想，內容紮實，令人受益匪淺。而應邀參加討論的張朋園教授，其作品「梁啓超與清季革命」，我在民國五十四年即已拜讀，頗受啓發。很高興大家能共聚一堂，對梁啓超先生的思想、成就及其影響做一番討論，使我們對他的人格風範有更深入的體認。

論文發表（略）

特約討論

張朋園：

這次的三篇論文，我都深感敬佩，我不必再去述說其長處，只想針對每一篇論文提出一些小意見。首先賴教授文中提到梁啓超所辦的「時務報」、「清議報」、「新民叢報」等，其實這些應該是雜誌，不是報紙，報紙應該是每天出版的。當然，在清末這些都稱為「報」，不論旬刊、月刊都是，這之間有無區別呢？在報業發展史上，雜誌與報紙間的關係又如何？國內最早的「報紙」應該是一八七〇年的「申報」。梁啓超算起來是個辦雜誌而非辦報者。這是我的第一點補充意見。

雷教授的論文簡短扼要，意見新穎，我很同意。梁氏的思想不僅希望一般人民的智識水準能提升，更希望能培養一批人才，來挽救晚清危急存亡的局勢，所以他從事「立憲」運動，以紳士階級爲其人才的來源。民國五年，他自政壇退下以後，依然想培育人才，他欲重新組黨，尋找一批新的人才，來推行中國現代化的工作。雷小姐一文，能找出梁氏的人才思想，並以此貫串其政治思想，這個構想是很不錯的。

林教授的論文也給我清新之感。梁氏在「詩界革命」上的確有很多見解，他的飲冰室詩話一書記載他與黃遵憲的論詩對話，現在讀來還是很有其新意。一般人常說胡適是白話文的倡導者，事實上梁氏早已提倡白話文，他也曾指出，言文兩分是阻礙社會發展的重要因素。梁啓超在清末就能指出這一點是很難得的，林教授其實在梁氏的文學成就方面還可以再加發揮。

最後一點，我很敬佩文工會能把梁氏列入「近代學人風範研討會」的名單中，因爲不管在大陸時期或來台初期，國民黨的一些學人對梁啓超還是很敵視的，這可能與梁氏當年與中山先生的政見採反對立場有關。我雖是國民黨員，但我對他並不敵視，因爲他對近代中國有很大的貢獻。如果要說誰是對近代中國最有影響的人物，恐怕在前的是梁啓超，在後的則是胡適了。梁氏反對革命，認爲革命會使中國陷於紛亂，反省辛亥革命八十年來的中國演變，我們不能不承認，梁氏實在是一預言家，中國的動亂要到何時才能結束，實在難以預料。當今世界的潮流是反革命的，因爲革命並未給人民帶來好處。辛亥革命除了推翻滿清，還有什麼成就呢？民主，談不上；共和，有其名而無其實；毛澤東天天喊革命，結果使中國一貧如洗。梁啓超是主張漸進的改革家，在現狀之下徐圖改進，使中國一步步走上現代化，我覺得這一點很值得大家深一層去研究。

馬起華：

一個人的政治思想與其所處的時代是息息相關的，因爲他不可能不受到當時政治環境或現象的影響。所謂的政治現象可包括三項要素：政治制度、潛力與行爲。除了高度抽象的政治哲學，任何政治家的思想、言論，常會隨政治情勢的變遷而有所改變。如果以上的說法成立，則可據以解釋梁啓超「以今日之我跟昨日之我挑戰」的原因，他的政治思想前、後期的不同，乃是因政治環境、現象的不同所致，這不能說是矛盾，而是正常的變化現象。

梁啓超的一生，跨越了前後不同的時代，一是君主，一是民主，這兩個不同時代有極端不同的政治現象，因此，研究者必須從了解其當時環境、背景下手。這是我讀了雷教授一文後的感想。

此外，我覺得梁啓超對政治方面的影響極其有限，這恐怕與張朋園先生的觀點有很大的差距。梁啓超雖然發表了很多政治言論，但對當時政治環境的影響很小，對現今的政治現象又有多少影響？大概沒有。其原因即是時代變遷之故，而且其政治理論十分空泛，很多定義都是錯誤的，欲對政治產生實際作用，戛戛乎難哉！這是我從另一角度來看梁任公，諸位或許不同意，但這是我的一點看法。

皇甫河旺：

以一個傳播史的教育工作者來看，今天三篇論文分從三個角度來論梁啓超，我認爲很有價值。譬如梁氏在光緒二十九年（一九〇三）赴美洲一遊，返回日本後大大改變了政治立場，與革命派決裂，並且進行長期的筆戰。何以美洲一行對梁啓超有如此巨大的影響？雷教授在論文中提到「光緒二十九年之後，梁所以明白主張取法德日式的官僚政治，與他在美洲之遊的見聞有關。梁在美洲華人社會的見聞，令他對國人自力習得政治智識的可能性產生疑問；加以觀察美國共和政治運作的結果，發現議院政治之下難以產生大政治家，與中國當前所需要的賢人專制不合，於是改而倡導君主立憲，取代前此的共和立憲做爲理想。」這一段文字可以解答前面所提傳播史上的疑問。

讀完雷教授一文，我也覺得梁啓超似乎已預見民國成立以後的政治情況，例如文中所言：「梁以爲改良國家的事業，必須先從革新國民心理開始，而革新國民的工作，不能專靠在野豪傑的書報鼓吹，必須仰賴秩序的教育。」盱衡民國以後政治的混亂，此言實在不虛。可惜滿淸政權的顢頇腐敗，使梁氏溫和的改良主張都無法成爲時代的潮流。

另外，梁氏當年對時局的看法，似與民國之後知識分子的感受相同。而他的「新民體」，林教授認爲是早期的文學革命，與後來胡適的「文學改良芻議」、陳獨秀的「文學革命論」可謂精神相互一致。我不禁有個疑問：胡氏在民國初年的「新文化運動」看起來不論在政治、文學上的看法都是梁啓超早年的見解，何以新文化運動時未見到梁氏扮演什麼重要的角色？或者說，他曾經扮演過什麼角色，發揮了什麼影響力？這一點想請教諸位。我知道五四運動時，他人在法國，擔任巴黎和會中國代表團的會外顧問。但在民國三、四年時，鼓吹新文化運動的刊物出現，梁啓超究竟有什麼看法呢？

最後，針對「報紙」與「雜誌」間的界線，我想以報業史的角度發表一點個人意見。當時著名的報紙中的主要人物都是主筆，不僅是梁氏，「循環日報」的王韜也是以評論聞名。當時的報業並未發展到今天日報的專業概念，也沒有記者，所以並不重視新聞消息的報導，而是以言論爲主，因而我們將那一階段的報紙稱爲「報刊」，定義較寬，包括了報紙與雜誌。

劉紀曜：

梁啓超與清末民初的知識分子，所共同面臨的一個問題是在列强侵逼下，當時中國產生的各種危機，不論是政治、思想、文化或是社會、經濟各方面，面對危機而探索如何救亡圖存，亦即傳統所謂的「經世」問題。在當時環境下，要强盛、救國，唯一的道路便是「西化」，對中國而言也就是「現代化」，梁啓超的思想及政治活動就是以此爲中心。不論是報業、文學或人才主義思想，都是企圖解決同樣的問題。

由於我對梁啓超的研究偏向思想方面，因此我想針對雷教授的論文提出我的一點意見。此文最大的特點，是提出了一般人較忽視的梁啓超政治思想中人才主義這部分，對人才與政治、社會變革間的關係加以探討。從此文中，我們可以看到，不論是從清末的「清議報」、「新民叢報」到民國時期，不論梁氏是主張開明專制、君主立憲或共和民主，基本上梁氏是贊成民主政治的，這一點應該可以成立。然而，值得注意的是，以我們今日的了解，梁氏主張的人才、精英，在某種程序上，似與民主政治有些許牴觸之處，我想這也是雷教授此文的一大特點。

不過，我對此文也有一些粗淺的看法。第一，使用「人才主義」這一名詞，我覺得並不妥貼，似乎用「豪傑主義」較符合梁氏原意，人才是一種泛稱，不如用梁氏自稱的「豪傑」一詞。梁氏以豪傑自居，也曾希望做中國的加富爾，更寫過「義大利三傑」的傳記，在民國九年出版的「歐遊心影錄」中，他曾回憶自己從清末到民初這一階段的主要觀念是强調豪傑救世的功能，並引杜甫的二句詩：「二三豪傑爲時出，整頓乾坤濟時了」以明心跡，故用「豪傑思想」可能較適切。

第二，梁氏的人才、豪傑思想，到了晚期已有所改變。民國四年時，他曾爲文說明應該放棄這一觀念，這主要是他曾經以袁世凱爲豪傑，但袁的稱帝令他深感失望所致，他轉而强調全民政治，認爲中國不可能靠二、三豪傑就能解救得了，所以民國八年以後，他强調思想解放、個性發展、全民政治、國民自覺等。所以梁氏的豪傑思想，大體上到民國四年時已有所檢討、更改，當然他還是重視人才，因爲救國需要人才，只是不再强調精英、豪傑，而是注重各方面普遍的專業人才。

方蘭生：

首先我對報紙、雜誌的定義略做補充。目前我們對報紙、雜誌的定義都是以出版法爲主，每日出版的刊物是報紙，一週到三個月出版的是雜誌。但梁啓超時代的出版法是根據光緒年間的「大清報律」，其定義是：日刊、旬刊、月刊、年刊統稱爲報紙；到袁世凱時代，則改爲以內容來劃分，以新聞性爲主的出版品稱爲報紙，以學術性爲主的稱爲雜誌；到民國一、二十年時，才改爲「期刊」，一直沿用至今。這兩者在報業史、雜誌史上一直混淆不清。例如唐玄宗時的「開元雜報」，研究雜誌者視之爲雜誌，反之亦然。因此，依今日出版法的定義，梁啓超所辦的都不算是報紙，但依「大清報律」則是。不論是習慣或歷史演變，我覺得用「報刊」二字非常恰當。

此外，我想提出兩點看法。第一、社會責任論。記得三年多前，報禁開放之際，時任行政院長的俞國華先生曾指出，報紙開放後，希望能兼新聞自由與社會責任。因此，我想從這方面來談梁任公的辦報精神。大家有目共睹，報禁開放以來，不論是新、舊報，由於競爭激烈，對新聞自由已充分發揮，但對社會責任卻反而薄弱。根據民意調查，百分之八十二的人贊成社會責任重於新聞自由。事實上，當年梁啓超辦報所秉持的正是傳統士人「先天下之憂而憂，後天下之樂而樂」的憂患精神，而且他認爲社會責任是上天授予的，應該基於道德理性，甚至可以不顧安危後果，我認爲這很了不起，比美國的社會責任論境界更高。

第二、政治傳播。如果從報刊政治傳播力量的發揮角度來看，梁啓超不論是在上海創刊的「時務報」，或是在日本橫濱辦的「清議報」、「新民叢報」，都可以說開我國政治傳播的先河。由於梁氏在報上所寫文章的見解精闢、立論有力，加上獨特的文字魔力，已經充分發揮政治傳播的功能。尤其放眼今日，新聞自由的氾濫、民主政治的激盪，政治傳播的功能更應正確加以運用才是。

綜合討論

劉子健：

我今年六十二歲，相信和我一般年紀的人都會同意，梁啓超當年的影響力非比尋常，我父親那一輩的人對梁氏都十分尊敬。我讀書的時候，常常聽到人家講：「胡適之說」、「梁啓超說」，但現在我很少聽到學生會掛在嘴邊說：台灣某位學者說如何如何。因此，我很贊同張朋園教授的看法，而馬教授以今天的政治學理論來批評當年的梁啓超，我覺得並不合適。

馬起華：

我也承認從今天的觀點來批評梁啓超，似乎有失厚道，但我也只能從今天的觀點來批評他，因爲他當年的那些看法，我實在無法採取。另外，我想提出兩點疑問就教於林明德教授。第一、林文中所寫的「文學界革命」，這「革命」二字是否恰當？因爲「革命」是推翻舊有、重建另一新貌，可是梁氏的文學界「革命」並未完全拋棄過去呀！第二、梁氏的詩界、散文界、小說界與戲劇界革命，究竟那一方面的成就較高呢？我自己認爲，梁氏舊詩的造詣精深，但白話文雖說理清楚，卻文氣不流暢，半生不熟。不過他的文言文卻寫得縱橫馳騁、氣象萬千，因此我喜讀其文言文而不喜其白話文。

林明德：

梁啓超的「文學革命」，是革其精神，非革其形式，因爲晚清的詩詞文章，大多已走到陳腔濫調的地步，無法反映時代，因此他要革其精神。至於其影響最大的，我認爲是新文體，我大略計算一下，其政論性的文字大概有三百五十萬字，這在近代散文作家中恐怕沒有人比他更偉大了，事實上，這些文字也的確在歷史上發生過深刻的影響。

賴光臨：

我想補充一點。當年康有爲組織「强學會」，並且發行報紙，但只是一小張，由梁啓超每天寫篇五百字左右的短文，夾在其他報紙中發送出去，然因許多人懷疑康、梁等人有何政治企圖，往往拒收，甚至有些人還對送報者「怒目相向」。而梁也認爲那些五百字短文沒有什麼影響力，故今日相關的歷史文獻中，我們看不到一篇當時五百字短文留傳下來，但他辦報的心意由此開始，也有意藉報刊來表達思想，教育民衆。不過，梁氏眞正的辦報生涯是從「時務報」開始，「梁啓超」三個字成爲響亮的名字也是自「時務報」始。另外，我也要澄淸一點，梁啓超的「新文體」指的是他文章的風格，不能顧名思義，以爲是報章文體，因爲報章上的新聞報導，是重客觀、事實，不能重主觀、情感，不可將「新文體」等同於「報章文體」。

雷慧兒：

梁啓超「開明專制」的主張，在其生前的確是沒有發生什麼影響，因爲「開明專制」是有條件的，必須當道在位者有此意願才行，而這是可遇而不可求的。在他生前雖無法實現，但他去世後，在台灣卻實現了。故總統經國先生逝世後，香港有一經濟學者張五常爲文悼念，他指出台灣之所以能締造經濟奇蹟，正是因爲實行「開明專制」所致。我們不能說台灣實施「開明專制」是受梁氏的影響，但他的主張驗之於今日，卻可看出是對的。

另外，馬教授認爲康有爲即使在民國以後也沒有改變君主制度的主張，而梁氏則改變了，贊同共和，但事實上他眞的贊成共和嗎？那只是表面。他曾寫一封信鼓勵袁世凱，在表面上實行共和，實際上則實行開明專制。至於不要以今人的標準來苛責古人，這應該是研究史學者的共識才對。

「人才主義」這個名詞是我經過幾番考慮後才決定的，在梁氏的文章中經常會出現士大夫、士君子、英雄、豪傑、精英、秀異分子、人才等不同名稱，我選用「人才」，是因爲它最通俗，像「精英」一詞，社會學者有更精細的劃分，就不便採用。

林明德：

如果沒有改良派的出現，不會有革命黨，梁啓超對革命黨的影響，必須加以肯定。隨著海峽兩岸對梁氏的逐漸肯定，整個近代史發展的面貌才開始明朗化。事實上，他是一直在進步的，不論表面或實際，中國兩千多年來的帝制是無法一下就破除的，他曾舉出一個數據：在當時四萬萬人口中，所謂的「精英」大概只有兩萬人。在如此廣大的土地、人口上，要如何貫徹民主政治呢？因此難免會有暴民政治產生，他的這點預估，我很贊成。

民國八年時，他寫了一篇「吾今後所以報國者」，充分流露出愛國情懷。他並沒有口口聲聲大談愛國，卻以時代的「老鴉」自喻，完全繼承中國傳統知識分子的精神。他本來在「歐遊心影錄」中表明今後不再過問政治的意願，但在「吾今後所以報國者」文中，依然是一貫不變的愛國心聲。

民國八年時，五四運動爆發，他從巴黎打電話回國，才使得山東半島沒有被割讓，這段史實可參考時報出版、張灝等編著的「民族主義」書中王德昭先生的一篇文章。

張朋園：

梁氏實在是一有多方面才華的人，不管插入那一行道，都算得上是一個角色，例如歷史學方面，「新史學」即是他所開創；有關中國近代財政的研究，梁氏是第一人；今天三篇論文中所提到的報業、文學、政治，他都有傑出的見解與成就。當然，我們也不能盲目崇拜他，他的學問博而雜，但不深，可是他的重要性是在開風氣之先，能從新角度看問題是很不容易的，雖然他在政治學上的理論並不成熟，但他所開拓的道路卻可供行人繼續走下去，從而有更多的新發現。

所謂「隔行如隔山」，我對新聞並不懂，只是想提出報紙、雜誌間的問題供大家思考而已，彼此行道不同，說出來無法溝通，反而容易得罪人，希望大家多多包涵。

（**張堂錡記錄整理**）

張道藩‧‧文藝先鋒

張道藩了解文藝在根本上是從人心人性出發，而涉及人際人生；他了解文藝作爲一種自我的完成與負有社會使命之間，究竟存在著什麼樣的關係。

由理論到實踐，張道藩一步一步經營他的文藝事業，從大陸到台灣，他將自己的文藝歷程緊緊繫聯整個時代社會。

張道藩的一生及其對文藝的貢獻

■秦賢次

一、他的一生

二、他對文藝的貢獻

一、他的一生

張道藩幼名振宗，譜名道隆，後遵父囑改名道藩，取字衞之。淸光緒二十三年六月十三日（公元一八九七年七月十二日）生於貴州省盤縣。道藩幼承庭訓，五歲至十四歲時，在父親創辦的崇山私塾讀書，又先後從伍光表、任雨蒼等名師學習。十載寒窗苦讀，奠定其古典文學基礎。

宣統三年春，道藩年十五，開始接受新式教育，考入盤縣高等小學一年級，迄民國三年冬畢業，共肄業四年。民國四年春，因家貧未能繼續升學，乃到鄰縣普安擔任縣立兩等小學校教員兼初等管理一年。民國五年夏，由當時擔任國會參議院議員的五叔張光煒（蓮仙）資助，才得前往北京設法繼續深造。九月，考入當時極富盛名的天津南開中學。在就讀南開的一年當中，道藩的繪畫才能即深受任課教師賞識，對他後來赴英習美術有很大影響。

民國六年暑假，因張勳復辟，國會隨之解散。道藩五叔也因此失業無力再資助其讀書。同年秋，道藩不得已自南開輟學。隨即在另一族人引荐下，前往綏遠包頭擔任菸酒專賣局包頭分局之徵收員，期間自六年十月起，迄八年七月止，將近有二年之久。業餘時間，除勉力自修英文外，另向上海一所函授學校通信學習，絲毫也未放棄繼續升學的志趣。

民國八年秋，張道藩再入南開中學就讀。不久，吳稚暉先生適巧來南開講演，由學生愛國運動講到留法勤工儉學，啓發道藩前往法國留學的念頭。

八年十一月二十二日，張道藩與盛成、蘇汝淦、黃齊生等四十人搭乘英輪「勒蘇斯」號（Rhesus）由上海啓程前往法國。九年一月九日，船抵倫敦後，留英學生會派任凱南、吳小篷等人來接，並說服道藩等人留在英國唸書，而不要去法國勤工儉學。此次一行四十人中，貴州籍佔十一人；又肄業南開者佔八人。後來決定留下在英國唸書者有十五人，繼續渡海前往法國者有十九人。

從九年春起，張道藩先在曼徹斯特維多利亞公園學校補習英文半年；繼於九年暑期後考入倫敦西南郊之克乃佛穆天主教學院，求學一年。惟此時，張道藩已顯露出對於美術的深深愛好。因此，在十年九月，張道藩放棄了原先實業救國的念頭，毅然考入倫敦大學大學院美術部思乃得學院專攻美術，並選定繪畫爲正科，裝飾畫爲副科，歷時三年，終成爲該校美術部第一個獲得畢業文憑的中國學生。

留英期間，張道藩認識了傅斯年、陳源、邵元沖、劉紀文等人。由於邵、劉兩人的引介，張道藩在十二年冬加入中國國民黨；翌年春並當選爲倫敦支部評議長，開始努力發展黨務。對於道藩非常器重的劉紀文（一八九〇——一九五七），是引領道藩由美術領域走向政治之路的關鍵人物。

張道藩自思乃得學院畢業後不久，隨即於十三年九月離開灰暗多霧的倫敦，來到風光明媚的巴黎，更求藝術的深造。抵法後，張道藩即進入法國國立巴黎最高美術專門學校繼續學畫。此時，他一面學畫，一面參加中國國民黨駐法總支部的黨務活動。同時，因爲認識徐悲鴻的關係，他也加入一個別開生面的文藝團體「天狗會」。

「天狗會」係十年八月成立於巴黎，名稱仿自在上海成立未久的美術團體「天馬會」。該會主要會員有謝壽康、徐悲鴻、邵洵美、郭有守、孫佩蒼、蔣碧微等，此外如畫家江小鶼、常玉，以及劉紀文等也都是會員。

是年聖誕節，張道藩在一次舞會中認識了法國小姐 Suzanne Grimonprez 。十五年四月，他們即在巴黎訂婚，道藩爲她取個中文名字叫郭淑媛。在法國不到二年的留學期間，張道藩也認識了羅家倫、周炳琳、段錫朋、童冠賢、何思源等，他們大抵在美歐學成歸國前，特來巴黎遊歷的。此外，也有原在巴黎求學或學畫的張厲生、許德珩、勞君展、魏璞完、潘玉良等友人。

此外，在十五年五月，張道藩有三幅人像油畫入選在法國各種美展中最受人矚目的法國國家沙龍春季美展，這也是他一生學畫當中所獲得的最高榮譽。三幅畫中，兩幅是倫敦時期作品；另一幅係爲郭淑媛所畫的半身像。

十五年五月十七日，張道藩與邵洵美一同離別巴黎，再由馬賽搭船回到闊別將近七年的祖國。

十五年六月中旬，張道藩在北伐前夕抵達上海。抵滬後，即應劉海粟上海美專之邀，作有關「人體美」的長篇專題講演，講辭並由上海幾家大報連載多天，以是觸怒上海道尹危道豐。適劉紀文應北伐軍蔣總司令電邀回國，擔任廣東省政府農工廳廳長，劉又懇請道藩前往幫忙。張道藩乃由上海前往廣州，於八月一日起開始擔任學成歸國後的第一個職位——廣東農工廳祕書，這也是他參加革命行列從政的開始，這年他剛好是三十歲。十月間，劉紀文奉調前線，由道藩代理廳務。同月二十日，新廳長陳孚木上任，張道藩在辦理移交後離職。

十五年冬，張道藩奉派爲貴州省黨務指導員，於十二月初由廣州前往貴陽籌組貴州省黨部。不意，貴州軍閥周西成表面同情北伐軍，實則對革命青年既懷疑，又害怕。十六年五月初，周西成强迫張道藩交出秘密通訊用的電碼不果後，即將其逮捕嚴刑逼供。張道藩終不爲所屈，嗣於九月中設法逃出貴陽，經廣州、香港，於十一月中旬回到上海。

十七年春，張道藩由上海來到南京。三月初，經陳果夫、劉紀文兩人推薦，擔任國民黨中央組織部秘書，時組織部部長由蔣中正先生兼任，這是道藩在中央服務的開始。

同年九月二日，張道藩與郭淑媛在上海結婚。十月，兼任南京市黨部監察委員。十二月，又繼姚鵷雛擔任南京市政府秘書長，時南京市長即爲上任未及半年的道藩好友劉紀文。

十八年三月，張道藩出席國民黨第三次全國代表大會，當選爲候補中央執行委員。四月中旬，辭去中央組織部秘書職。十一月初，再辭去南京市政府秘書長職。十二月，奉派爲江蘇省黨務整理委員，襄助主席鈕永建重整全省各縣市黨部，工作極爲繁重。翌年六月因病攜眷赴青島休養。八月，受聘擔任剛成立之國立青島大學教務長，夫人郭淑媛亦應聘任法文講師。時楊振聲擔任青島大學校長，聞一多擔任文學院院長兼中文系系主任，梁實秋擔任外文系主任兼圖書館館長，方令孺女士則方由美國學成回來，擔任中文系講師。

十九年十二月中，張道藩奉蔣主席兼行政院院長之命，出任浙江省政府委員兼教育廳廳長，前後任職有一年之久。

二十年六月，陳立夫繼蔣中正擔任中央組織部部長，張道藩與余井塘兩人奉派兼任副部長。自此起，張道藩得每星期往來於杭州、南京之間，以三天時間在教育廳辦公，另外三天則在組織部服務。二十年十二月中，辭去浙江教育廳長職，此後即專心在南京辦理黨務工作，迄二十四年十二月組織部改組爲止。

二十一年起，張道藩在繁重的黨務工作外，又開始踏入文教界，積極參與各種活動，終於在戲劇、電影、美術三方面有卓著貢獻。

二十一年五月四日，以國民黨黨員作家爲基礎而成立的「中國文藝社」在南京華僑俱樂部進行改組，公推中央執行委員會秘書長、前中央宣傳部部長葉楚傖爲社長；選出張道藩、王平陵、徐仲年、朱應鵬、范爭波、黃震遐、華林等爲理事，這是張道藩踏入文藝界的第一步。「中國文藝社」原成立於十九年七月，以創刊「文藝月刊」，聯誼作家，舉辦各種文藝活動、出版叢書爲主要任務。張道藩的主要戲劇作品如「第一次的雲霧」（譯作修正稿）、「自誤」（五幕劇）、「密電碼」（電影劇本）、「狄四娘」（譯作）、「最後關頭」（四幕劇）等均先在「文藝月刊」上發表，後來再發行單行本的。

接著，在二十一年七月八日，國民政府爲響應國際聯盟「國際文化合作委員會」呼籲提倡國際教育電影的合作、交換、宣傳，特在南京教育部發起成立「中國教育電影協會」，大會選出陳立夫、段錫朋、郭有守、羅家倫、徐悲鴻、方治、田漢、洪深、歐陽予倩及張道藩等爲執行委員。翌年四月，張道藩又兼任國民黨中央電影事業委員會委員，這是張道藩與教育電影界淵源的開始。

二十一年十二月，張道藩又開始出任公職。先是繼兪飛鵬擔任交通部常務次長，迄二十五年四月辭職爲止，時部長先後爲朱家驊及顧孟餘。

其間，張道藩曾於二十四年六月與十二位中央委員建議在南京創辦國立戲劇學校，並在十月該校成立時擔任校務委員會主任委員。又於二十四年十二月與褚民誼一同出任新成立之國民黨中央文化事業計劃委員會副主委，時主委爲陳果夫。

二十五年二月，張道藩又繼許修直擔任內政部常務次長，迄二十七年一月調任教育部常務次長爲止。其間，又同時擔任內政部中央古物管理委員會主任委員。

二十六年四月一日，第二屆全國美展在南京新建的中央美術陳列館揭幕，展期共二十三日。展覽期間，全國各地美術家三百六十多人齊集首都，共同發起成立「中華全國美術會」，會員包括書畫家、雕刻家、建築家、美術教育家、美術史學者、美術批評家等。在成立會上，張道藩被推爲理事長。

抗戰軍興，政治、文化中心先移武漢，再遷重慶。張道藩在抗戰之後逐漸將心力投入文藝界，並在此後三十年成爲中國國民黨在文藝政策及執行方面的最高負責人。

二十六年十二月底，「中華全國戲劇界抗敵協會」在漢口成立，形成全國戲劇界人士的大團結，張道藩、方治、王平陵、田漢、陽翰笙、洪深、熊佛西、余上沅、歐陽予倩、趙太侔、李健吾等被推爲理事，並議定每年十月十日爲「戲劇節」。

二十七年一月二十九日，「中華全國電影界抗敵協會」在漢口成立，張道藩除在大會講話外，並被選爲理事。

同年三月二十七日，「中華全國文藝界抗敵協會」在漢口成立，張道藩是重要的發起人，是日除擔任主席團外並被選爲理事。

同年六月六日，「中華全國美術界抗敵協會」在武昌成立，張道藩是該會成立的主要策劃人及名譽理事。

張道藩除了參加上述四個文藝協會並擔任理事外，在民國二十七年一月十四起，由內政部常次調任教育部常次，迄二十八年八月十八日止。在教育部內，除任常次外，張道藩還分別於二十七年八月起擔任教科用書編輯委員會主委，迄二十八年五月止；二十八年四月起擔任音樂教育委員會主委，迄二十九年五月止；二十九年四月起連任三屆學術審議委員會常務委員，迄卅八年夏止；二十九年十二月起擔任美術教育委員會主委，迄三十一年二月止。張道藩是勇於任事的人，在他擔任教育部內各種職位時，對於教科書的編輯，抗戰劇本的徵印，巡迴戲劇教育隊的成立，音樂師資的訓練，實驗巡迴歌詠團的成立，美術作品的奬勵等均有卓著貢獻。

二十七年四月，張道藩奉派兼任中央黨部新成立之社會部第一任副部長，迄二十八年十一月止，時部長爲陳立夫。

二十八年九月，張道藩接周炳琳繼任重慶中央政治學校教務主任；二十九年八月，又繼陳果夫擔任教育長迄三十二年二月止。

在張道藩任職中央政校的三年又五個月期間，張道藩又先後接掌幾個文藝機構團體，使得他實質上成爲國民黨在文藝方面的最高負責人。

一、二十九年四月二十四日，「文藝獎助金管理委員會」在重慶成立。該會原由中央社會部、宣傳部、教育部、政治部、振濟委員會、青年團中央團部等機關及文化界有關人士合組而成，推定中央社會部長谷正綱等爲常務委員；並聘請張道藩、郭沫若、老舍、程滄波、王芸生、林風眠、王平陵、華林、胡風、姚蓬子、李抱忱等十一人爲文藝界委員，由中央撥十萬元基金，辦理全國文藝界貸助金事宜。該會成立後，事實上由張道藩負總責；三十二年秋起，經有關機關決定移歸「中央文化運動委員會」接辦，並改派張道藩爲主任委員，洪蘭友爲副主任委員。

二、二十九年五月十九日，「中華全國美術會」在重慶重新改組成立，以「聯絡全國美術家感情，集合全國美術界力量，研究美術教育，推動美術運動。」爲立會宗旨。該會理事長爲張道藩，理事有徐悲鴻、陳之佛、傅抱石、汪日章、呂斯百、黃君璧、謝稚柳、張書旂、吳作人、潘天壽等。該會並通過提案如決定九月九日爲美術節；請教育部舉辦第三屆全國美展；請教育部撥款獎勵抗戰時期美術品等。

三、三十年二月七日，「中央文化運動委員會」（簡稱「文運會」）在重慶正式成立，隸屬中央宣傳部，並聘張道藩爲主任委員，潘公展、洪蘭友爲副主任委員。嗣潘公展於三十二年十月辭職，由胡一貫補其職。「文運會」初成立時，名義上雖隸屬於中央宣傳部，實際上係獨立作業，相當於中央的一個文化部會。三十二年九月，國民黨五屆十一中全會即將「文運會」編制擴大，提升直屬中央執行委員會，仍由張道藩負責，以迄三十八年夏「文運會」撤銷止。

張道藩經由上述三個機構團體，並代表國民黨中央，長期與全國文藝界人士接觸，舉辦各種活動，創辦刊物，贊助獎勵作家生活及作品出版等，是他一生當中對文藝界貢獻最大的一個時期。

三十一年二月，蔣委員長訪問印度，張道藩與王寵惠、董顯光、周至柔、商震、俞國華等均爲訪問團成員之一。

同年十一月，張道藩調長中央宣傳部長（仍兼政校教育長，迄卅二年二月止。）以董顯光、程滄波爲副部長，迄三十二年十月爲止。時當戰時，中宣部責任艱鉅，張道藩處事縝密，深思熟慮，一年之中，總算沒有出過紕漏。

三十二年十月，張道藩調任中央海外部部長，迄三十三年十一月爲止。期間，他曾親赴雲南、貴州、廣西一帶，宣撫由南洋一帶撤退回到祖國的僑胞。

三十三年十一月底，日軍陷桂林，佔柳州，並向貴陽方向進犯，震動大後方。而原來留在湘、桂的大批文化界人士則在倉皇中成爲難民經由貴陽逃向重慶。十二月初，張道藩奉命趕赴貴陽前線，負責指揮臨時成立的中央戰時服務督導團，並配合社會部辦理從湘、桂撤退出來的文化人救濟工作，迄三十四年二月初旬才以任務達成，回到重慶。此次搶救文化人，即深爲文化界所稱述。

三十四年春，張道藩應陳布雷之邀，曾短期兼任軍事委員會侍從室第二處副主任，迄九月底侍從室結束爲止。事實上，在抗戰勝利後的四年間，張道藩的主要工作仍在主持「文運會」，並在三十五年四月隨政府還都以後，陸續在各主要省市成立分會以策劃開展全國文化工作。

三十五年六月，中央電影企業公司成立，張道藩膺選爲董事長；同年十一月，在南京拜名畫家齊白石爲師。三十六年一月，「國際文化合作協會」在南京成立，目的在配合外交與僑務合作，加强海外文化工作，張道藩當選爲理事長。三十七年一月，當選爲貴州第二區立法委員；三月，「文運會」與國防部新聞局合作，在中央訓練團設置民間藝術訓練班，分爲文學、戲劇、樂舞、雜技四組，訓練期間半年，畢業後即派任軍中文宣工作。張道藩親任該班指導委員會主委，安排所有課程及師資；十一月，徐蚌會戰，張道藩由南京率領前線將士慰勞團，親赴碾莊等前線慰問作戰將士。

三十八年一月以後，大陸局勢逆轉。張道藩於四月下旬從上海飛往廣州。後來在某次中央常會中，提議裁撤「文運會」，將原有業務歸併到中央宣傳部，結束了成立八年半之多的「文運會」。

三十八年十二月底，中國廣播公司在台北改選，張道藩當選爲董事長，董顯光爲總經理，曾虛白爲副總經理，迄四十三年五月卸任，中廣已奠定了堅實基礎，譽之者稱中廣爲「有口皆碑」、「無遠不屆」。

來台後，張道藩仍然念念不忘文藝。首先，在三十九年三月一日於台北市創設「中華文藝獎金委員會」（簡稱「文獎會」），由張道藩、程天放、陳雪屏、狄膺、羅家倫、張其昀、胡建中、陳紀瀅、李曼瑰等九人組成，並推張道藩爲主任委員。「文獎會」成立宗旨爲「獎助富有時代性的文藝創作，以激勵民心士氣，發揮反共抗俄的精神力量。」「文獎會」因經費關係於四十六年七月結束，在七年又四個月中，獲獎及從優獲得稿費的作家約在千人以上，對於台灣五〇年代文藝思潮的形成，產生了鉅大的影響。

接著，在三十九年五月四日於台北市成立「中國文藝協會」（簡稱「文協」）。該會實係由張道藩、陳紀瀅、王平陵等人發起，成立宗旨爲「團結全國文藝界人士，研究文藝理論，從事文藝創作，展開文藝運動，發展文藝事業，實踐三民主義文化建設，完成反共抗俄復國建國任務，促進世界和平。」「文協」成立時共有會員一百五十三人，會中不置理事長，僅選張、陳、王三人擔任常務理事；謝冰瑩、許君武、耿修業、馮放民、傅紅蓼、孫陵、梁中銘、徐蔚忱、趙友培、王藍、王紹清、顧正秋等十二人擔任理事。每年互推値年常務理事一人，負責該年推行會務之全責，另設總幹事一人負責執行決議及一般會務工作。「文協」曾先後設置了小說、詩歌、散文、音樂、美術、話劇、電影、戲曲、攝影、舞蹈、文藝論評、民俗文藝、新聞文藝、廣播電視文藝、國外文藝工作、文藝翻譯、大陸文藝工作、文藝研究發展等十八個委員會。此外，「文協」還先後設有南部、中部等分會。「文協」係政府遷台後最早成立、規模最大、活動最多的全國性文藝社團。早期經常舉辦各種文藝研習班，培養新進作家；倡導軍中文藝運動；發起文化清潔運動；舉辦聯誼活動，團結文藝人才。因此，可以肯定地說，「文協」的創立，對於台灣復興初期的文藝工作者，有極大的鼓舞作用。

同年八月五日，國民黨成立「中央改造委員會」，張道藩與曾虛白同是十六個委員之一；十月，接任黨營中華日報第二屆董事長。在任職的一年當中，張道藩求社論與副刊並重，並指示編輯部增設中學生週刊，專供各中學愛好寫作的青年投稿，也定期舉行投稿人座談會，討論讀書與寫作問題。

四十一年三月，張道藩繼劉健羣擔任立法院院長，迄五十年二月獲准辭職止，歷時九年，這也是他一生當中政治生涯的最高峯。在院長任內，他盡心盡力，任勞任怨，充分發揮議長的功能，也表現了他巨細不遺的行政幹才。此外，他大公無私的清操雅範，和廉潔刻苦的一貫作風，更贏得全院同仁一致的讚揚。

除了擔任立法院長外，自四十一年十月，經四十六年十月，迄五十二年十一月，張道藩曾連任國民黨七、八、九三屆中央常務委員，直至五十七年六月病逝爲止。很值得在此一提的是，張道藩自從十八年三月起連任國民黨三、四兩屆候補中央執行委員；廿四年十一月起連任五至九屆中央常務委員，以及一屆改造委員。在去世的前四十年間，從來不曾離開過國民黨最高權力機構，可說是民國以來第一人。

在擔任立法院長期間，張道藩曾於四十五年四月率領中華民國赴日親善訪問團，與日本朝野廣泛交換意見。他深感日本國民對共產主義認識模糊，日本三大報紙態度親共，日本政府決策也搖擺不定，指出我國應提高警覺。

同年七月，「文獎會」因經費不足，經張道藩呈請中央准予結束，並借原址創辦中興文藝圖書館，自兼館長，每晚七到九時開放，館藏有復員還都以後迄三十八年間所搜集的各類文藝書籍約在萬册以上，這也是當時台灣收藏二、三十年代文藝作品最多的一個圖書館。

四十六年六月，「中華民國筆會」經我駐聯合國教科文組織代表陳源之建議與聯繫，終獲世界筆會總會同意在台北恢復組織，並推張道藩為第一任會長，這是我國重回國際文學舞台的開始。

五十年春，張道藩獲准辭去立法院長後，他替自己安排的生活計劃是，重執荒疏的畫筆，補寫積欠的文章，以中常委身份為黨盡言，以立法委員身份為民服務，以有生之年為文藝效命。可惜，事與願違，在往後的三年中多半在病中消磨，計劃多半無法做到。

五十四年九月，「中山學術文化基金董事會」在台北市成立，推王雲五任董事長，張道藩及徐柏園任副董事長，聘請阮毅成任總幹事，張道藩並親自兼任文藝創作獎助審議委員會召集人。該會於翌年起，每年定期於十一月頒發一次中山文藝創作獎，以迄今日。

五十五年三月，國民黨九屆三中全會通過「强化戰鬥文藝領導方案」，以適應當時革命任務的要求，增進對於文藝的輔導與服務，更進一步的開展戰鬥文藝運動，使其充份發揮擔當思想作戰前鋒的功能。張道藩是該案審查組的召集人。會後，國民黨旋即成立「中央文藝工作指導小組」，由張道藩擔任第一召集人，負責協調、運用、督導、考核等工作。

五十六年七月二十八日，「中華文化復興運動推行委員會」在台北市成立，由蔣中正總統擔任會長，張道藩亦受聘為委員之一，他深感復興中華文化首在建立自信心，發揮創造力。

同年八月六日，台北遠東圖書公司為梁實秋翻譯的莎士比亞全集舉辦出版紀念會，張道藩義不容辭，擔任主持人，向好友致敬。

同年十一月，國民黨九屆五中全會通過「當前文藝政策」，對台灣文藝基本目標、創作路線、文藝機構、文藝經費、文藝人才、文藝工作等均提出了具體推行原則。這是我國文藝史一件劃時代的大事。這一政策的進步性，是把重點放在對文藝的積極建設、倡導、扶持、培養、獎助和服務上。「當前文藝政策」係透過張道藩精心策劃，再經大會修正通過的。爲了結合政府和社會的力量來共同推動這文藝政策，由張道藩領銜在十二月發表了「我們爲什麼要提倡文藝」一文來響應，連署者共有當時著名文藝人士共四十人。該文除引言和結論外，還包括：文藝與新聞、文藝與出版、文藝與教育、文藝與科學、文藝與哲學、文藝與宗教、文藝與軍事、文藝與外交、文藝與經濟等十章。文章說明其所以要談文藝與各方面的關係，乃是鑒於「過去各部門與文藝的關係失調，使文藝事業未能作正常發展；而對文藝家的生活也漠不關心，於是一部份文藝之美變質而與『僞』『惡』合汚，發生了不良的影響。」

爲了落實「當前文藝政策」，政府當局再於五十七年五月二十七至二十九日在台北市中山堂召開「全國第一次文藝會談」，與會的文藝界人士計有二百七十七人。此次會議召開時，張道藩已在重病中，未能參加。

先是，本年四月六日，張道藩在病榻上側身取物，不幸滑落地上，跌傷腦部，旋即昏迷不醒，迄六月十二日病逝三軍總醫院，享壽七十二歲。

張道藩在生前曾對友人說，假如有一天走完人生最後的旅程，盡了我最後的責任，但願文藝界的朋友替我刻上這樣一塊碑：「中華民國文藝鬥士張道藩之墓」，則他就心滿意足了。

在張道藩去世不久，台北傳記文學出版社在同年十月一日將他未曾寫完的自傳「酸甜苦辣的回味」印成單行本，以作紀念。

二、他對文藝的貢獻

張道藩的文藝生涯中，最擅長的是美術，最喜愛的是戲劇，而影響國人最大的是他的文藝政策觀。以下係申述他在這三方面的貢獻。

(一)美術

張道藩自幼即對美術有深厚的興趣，他早年在倫敦及巴黎長達六、七年的求學中，學的就是西洋美術。回國多年之後，又拜國畫大師齊白石爲師。他自己在「文壇先進張道藩」一書中說道「我當年留歐學畫的志願，是要採取西方繪畫方法的長處，改進我國繪畫舊有的方法，創造一種中西合璧的新中國畫。」他生平所作的畫不多，去世週年，即五十八年六月，曾由遺作整理委員會出版一册「張道藩先生畫選」，共選入三十五幅，其中素描九幅、國畫八幅、水墨二幅、水彩九幅、油畫七幅。創作年代從十二歲到六十二歲止，題材包括人像、山水、花卉、動物等。同月，蔣碧微女士亦自費出版一册「張道藩書畫集」，以完成張道藩生前囑託的三個心願之一。其中，收入素描一幅，國畫七幅，書藝四幀，創作年代從四十八歲到六十一歲止，題材僅有人像及花卉兩種。除了畫作外，張道藩問世的第一本書係譯自英人康斯特博（W. G. Constable）的「近代歐洲繪畫」（Modern European Painting），十七年八月由上海商務印書館初版，二十四年五月再版。

二十三年三月，張道藩約同中委王祺，以及中央大學藝術及哲學系教授徐悲鴻、張書旂、傅抱石、陳之佛、宗白華等在南京發起成立「中國美術會」，由張道藩任總幹事，每年均舉行美術展覽一次，除了有少數彫刻和圖案畫參加外，大多是西畫和國畫，這是道藩與國內美術界淵源的開始。

二十六年四月，張道藩利用第二屆全國美展在南京新建的中央美術陳列館舉行之際，聯合全國三百六十八位畫家發起成立民國以來第一個全國性的美術團體「中華全國美術會」。而這個美術館也是張道藩在負責籌建南京國民大會堂的同時策劃興建的。於此可見張道藩對於美術方面的高瞻遠矚及鉅大深遠的貢獻。「中華全國美術會」成立以後，張道藩衆望所歸地被推選爲理事長。

同年六月，教育部採納「中華全國美術會」的建議，公佈全國美展辦法，規定每兩年舉辦一次，並列獎勵金作爲收購美術精品之用。

此後，張道藩又參與籌組「全國美術界抗敵協會」。該會係抗戰初期在武漢發起，成員不分左右派別，大家同心協力組成的美術團體，成立時間爲二十七年六月六日，這也是抗戰前期惟一的全國性美術團體。可惜該會遷移重慶後，因會員流動性大，兼又分散各地，無法正常維持工作。張道藩有鑒於此項缺失，乃於二十九年四月十四日就原「中華全國美術會」在重慶生生花園舉行臨時會員大會；繼於五月十九日重新成立「中華全國美術會」，張道藩重被推爲理事長，再度積極推動美術運動。

「中華全國美術會」在戰時及復員戡亂時期的主要貢獻，據「第二次中國教育年鑑」上「學術文化」編上的記載，有下列各項：

(1)發動美術作家作鼓勵士氣及人民同仇敵愾之宣傳畫。

(2)舉辦抗戰宣傳畫展數次，其中作品百餘幅曾由威爾基（W. L. Willkie,1892–1944）氏於三十一年攜赴美國展覽。

(3)三十四年在重慶舉辦勞軍美展，並以售得畫款捐獻前方將士。
(4)每年經常舉辦春、秋兩次美展。
(5)受教育部學術審議委員會委託，辦理有關美術著作獎勵事宜。
(6)發動各地美術家在主要省市成立分會，已成立者有上海、北平、武漢、山東、重慶等。
(7)協助徵集美術作品送交國外展覽。

張道藩除了擔任「中華全國美術會」理事長外，自二十九年四月起，迄三十八年秋止，連任三屆教育部學術審議委員會常務委員，又自二十九年十二月起，迄三十一年二月止，擔任教育部第一任美術教育委員會主任委員。

擔任學術審議常委時，張道藩就在二十九年五月一日的第一次大會上就「補助學術研究及獎勵著作發明」一案，提議規定在原有的「學術著作」外要加上文學創作及美術論著及作品。而「美術」則又包括1.繪畫，2.雕塑，3.音樂，4.工藝美術四項。此項獎勵，自三十年度起每年舉辦一次，受獎勵之著作、發明或作品應以最近三年內完成者爲限。教育部的獎勵，對於抗戰時期的美術發展是當時最大的幫助。

擔任美術教育委員會主委前，張道藩即向教育部長陳立夫建議，由教育部成立「藝術文物考察團」，前往西北考察我國古代存留之藝術文物及著名史蹟，以輔導社會藝術教育之推進。該團於二十九年秋成立，爲工作便利計，分爲建築、雕刻、繪畫、工藝及民俗等部門。至於資料之搜集，則以圖畫、摹繪、石膏模鑄爲主體，而以攝影、拓搨、文字記述爲輔助。全體團員先後在西安、洛陽、西寧塔爾、敦煌各地工作，歷時三年餘，行程逾萬里，收獲極爲豐富。如已故國畫大師張大千就是參加研究敦煌畫藝的最著名人士。該團能在經費極度不足的抗戰中後期工作數年不輟，即係張道藩在其後擔任美術教育主委期間予以大力支持的緣故。

國民政府自成立以來，在大陸時期僅辦過三次全國美展。而二、三兩次均與張道藩有極大關係。第三屆全國美展係三十一年十二月二十五日至三十二年一月十日在陪都重慶舉行，其籌備會及展品陳列設計之負責人均係張道藩。教育部以此次展覽會係集全國美術之精萃，爲表示政府對於此項事業之重視起見，特恭請國府主席林森爲名譽會長，請教育部長陳立夫爲會長。此次展覽作品分爲現代及古物兩大類，現代作品係向各方徵集，其內容分爲書畫（書法、篆刻、國畫、西畫、版畫等），雕塑，建築設計及模型，工藝美術、圖案設計及攝影等四組。古物係由籌備會洽請各有關機關提供，內容主要爲銅器、玉器、漆器、書畫等類。此外，還特闢「敦煌藝術專室」，陳列「藝術文物考察團」兩年來在西北敦煌等處搜集摹繪所得的精品。現代作品的題材，以取與抗戰有關者爲原則，其他題材之藝術作品亦酌予接受，每人以三件爲限，但與抗戰有關者可加倍。總計展出現代作品六六三件，古物二七五件。展覽期間十七天，參觀人數達十萬餘人，收入收得全數充作文化勞軍之用。

(二)戲劇

做爲一個文學家，張道藩係以戲劇享盛名的。他第一次發表的文學作品係譯自法國劇作家約瑟・葉爾曼（José Germain）的獨幕劇「第一次的雲霧」，十八年十二月初次登載於好友邵洵美主持的上海「金屋月刊」一卷七期上。

張道藩的處女作是四幕喜劇「自救」，二十三年五月發表於上海「時事月報」十卷五期上。「自救」與「第一次的雲霧」後來曾於二十三年九月下旬在南京陶陶大戲院公演過，再於二十四年七月合成一書，由上海正中書局列爲「中國文藝社叢書」之一初版，書名取爲「自救」。這也是張道藩第一本問世的著作。

二十三年十二月，第二部作品五幕悲劇「自誤」，發表於南京「文藝月刊」六卷五、六期合刊上。

二十五年一月，寫成電影劇本「密電碼」。同年五月，該劇先發表於南京「文藝月刊」十卷四、五期合刊上；繼於二十六年一月，由中央電影攝影場拍成電影，三月中開始在京滬各地放映，轟動一時，迄二十七年冬仍續在國內外各地放映中。「密電碼」一劇係張道藩根據十六年在貴州辦理黨務不愼被軍閥周西成逮捕的親身經驗寫成的。

二十五年六月，譯作「狄四娘」發表於「文藝月刊」八卷六期上。該劇是據曾孟樸所譯由法國詩人兼劇作家雨果之劇本「項日樂」（Angelo）改寫而成，以劇情曲折驚險，很合國人口味，成爲張道藩劇作中前後演出時間最長者，自是年五月由南京國立戲劇學校作第一次公演後，迄五、六〇年代還在香港、台灣公演並造成轟動。是劇先於三十二年一月，由重慶正中書局列爲「國立戲劇學校叢書」之一初版，繼於三十五年十一月在上海印行增訂初版。

二十六年五月，四幕劇「最後關頭」，發表於「文藝月刊」十卷四、五期合刊上。該劇劇情暗寓中日戰爭不可避免，係一種預言作品，由二十四年冬構思動筆，到二十五年秋寫成初稿。該劇旋於發表後二個月，由南京國華印書館初次印行單行本；再於二十七年十一月由重慶藝文研究會重新排印，列爲「抗戰戲劇叢書之五」，書後附有獨幕劇「殺敵報國」。「最後關頭」一劇，在抗日戰爭爆發後，先後在長沙，以及京、漢、蘇、皖、贛、湘、鄂各地公演不斷，是張道藩劇作中傳播最廣與公演次數最多者。

二十六年十一月下旬起，獨幕劇「殺敵報國」，連載於南京新民報副刊。次月，該劇由長沙國立戲劇學校列爲「戰時戲劇小叢書第四種」，初次印行單行本。

三十四年十二月，張道藩爲利於演出將「第一次的雲霧」劇情改寫成中國故事，取名「蜜月旅行」，由上海正中書局初版。

三十七年三月，第二部電影劇本「再相逢」，發表於武昌「文藝」月刊六卷三期。同年，該劇由中央電影企業公司拍成電影上映，劇本係以抗戰末期貴陽前線難民流離失所的情形爲背景，演出愛情糾紛的故事。

同年八月，譯作三幕劇「忘記了的因素」（美國作家 Allan Thornhill 原著，書名原文爲 The Forgotten Factor ），由上海獨立出版社初版。

來台多年後，張道藩將以前所出版或發表過的戲劇著譯自救、狄四娘、殺敵報國、最後關頭、蜜月旅行、忘記了的因素、自誤等分成七册，編成「張道藩戲劇集」，於四十六年十月由台北正中書局印行台灣版。

張道藩逝後二週年，即五十九年六月，蔣碧微又將前述正中版「張道藩戲劇集」編成一册，由其私人自費印行，以完成張道藩所囑託的第二個心願。

此外，道藩文藝圖書館也曾於去世十週年，即六十七年六月將張道藩去世當年所寫的一部四幕劇「留學生之戀」手稿影印多冊，分寄各圖書館典藏，這是張道藩的最後一部劇作，講的是他留學歐洲時的愛情故事。

綜上所述，張道藩一生中總共創作五部話劇，二部電影劇；翻譯二部戲劇，改寫二部戲劇。張道藩可說是個多才多藝的人。對於戲劇、電影，他不但能編能譯，也能導能演。二十三、四年「自救」、「自誤」在南京的公演，都曾由他自己擔任導演的；二十五年冬，國立戲劇學校師生爲了籌募慰勞在綏遠的抗日國軍，在南京公演「紅燈籠」一劇，他也第一次粉墨登場，飾演一位五十來歲的鄉巴佬。二十六年春，電影「密電碼」由中電拍成，他不但是編劇者與導演之一，同時還與當時的中央宣傳部副部長方治同在劇中現身說法，以示倡導。張道藩演的是武漢慶祝北伐勝利大會的主席；方治演的是奉派赴黔四位人員的監誓人。

然而，我以爲張道藩對於戲劇的最大貢獻在於對戲劇運動的提倡，以及創辦國立戲劇學校，培養出無數的傑出人材，帶動我國劇運的蓬勃發展。

首先，二十三年夏，張道藩在南京發起組織「公餘聯歡社」，他自任理事長，張劍鳴任總幹事。「公餘聯歡社」的戲劇組中有話劇股，在張道藩、謝壽康等領導下，時常有話劇的演出。張道藩深切體認到戲劇對於文化建設及社會教育有重大關係，而當時全國僅北平有程硯秋所辦的北平戲曲專科學校，以訓練平劇人才爲宗旨；濟南有王泊生主持的山東省立劇院，以創造中國新歌劇爲號召；但是全國卻沒有一所專門訓練話劇人才的學校。

二十四年六月中旬，張道藩乃約請陳立夫、覃振、焦易堂、馬超俊、段錫朋、洪陸東、王祺、李宗黃、傅汝霖、梁寒操、羅家倫等十二位中央委員聯名上呈中央創設國立戲劇學校（簡稱「劇校）。經中央會商教育部後於七月中批准，並指派張道藩、方治、雷震、張烔、余上沅組織籌備委員會，以張道藩爲籌備主任。十月十八日，劇校在南京正式成立，以張道藩爲校務委員會主任委員，以余上沅爲校務委員兼校長。二十九年夏，劇校升格爲專科學校，取消校務委員會而由校長主持校務。劇校自二十四年十月成立，迄三十八年四月南京淪陷學校被中共接管，存在時間長達十三年又七個月，在該校肄業和畢業的學生將近一千一百人。劇校成立不到一年，即使南京取代上海，成爲全國話劇活動中心；接著在抗戰八年造成話劇一枝獨秀，凌駕在所有其他文藝活動之上，也造成民國以來話劇活動最爲蓬勃發展的黃金時代。

抗戰初期，張道藩於二十七年一月至二十八年八月擔任教育部常務次長。其間，他還以常次身份兼部內「教科用書編輯委員會」及「音樂教育委員會」之主任委員。

在教部常次任內，張道藩最關心重視的仍是戲劇教育及活動。除指定社會司主辦全國戲劇教育外；並在二十七年度內，先後成立教育部第一、二、三巡迴戲劇教育隊，到全國各地一面巡迴施教作示範演出，一面輔導地方戲劇教育實施組訓工作。

二十七年底，張道藩又在他主持的「教科用書編輯委員會」內增設「劇本整理組」，聘趙太侔擔任主任，負責新舊劇本整理與編輯工作，並特別注意各種劇本之蒐集。

戰時，戲劇演出既頻繁，劇本的供應就有迫切需要。在張道藩的主張下，教育部在二十七年曾徵求一次抗戰劇本，經選出沈蔚德的「民族女傑」、江流的「自由的兄弟」、陳啓素的「生死線」、邱楠的「聖戰曲」、蕭斧的「老教師」、左明的「上海之夜」、趙如琳的「衝出重圍」等十五種，列爲「教育部徵選抗戰創作劇選叢書」，自三十年八月起，由重慶正中書局先後出版。

此外，在張道藩主持下的「文藝獎助金管理委員會」曾於三十一、二年間獎助出版「抗戰文藝叢書」五種，其中劇本的比例佔了二種，即吳祖光的「正氣歌」及洪深的「黃白丹青」。

由上述的事實，可顯示出戲劇是張道藩的最愛且最關心重視的。

㈢文藝政策觀

我以爲張道藩對文藝界影響最大的是他的文藝政策觀。由於他一生在高層黨政界的一帆風順，由於他是國民黨高官中對文藝及文藝工作者最爲關愛者，更由於他是國民黨多年來最高的文藝主管。因此他的文藝政策觀逐漸匯聚形成政府當局的文藝政策，從而對文藝界產生鉅大的影響。

張道藩自十五年夏由法國學成歸國後，迄二十四年底爲止，主要係從事黨務工作。他的踏入文藝界，大約可從二十一年五月四日當選改組後的「中國文藝社」理事開始。「中國文藝社」主要係以首都南京國民黨員中對文藝有興趣幾十位同志爲中心組成的，公推葉楚傖爲理事長。主要的社員另有方治、王平陵、左恭、鍾天心、徐仲年、華林、繆崇羣、鍾憲民等。他們的社刊「文藝月刊」創刊於十九年八月十五日，由王平陵、左恭等主編。「文藝月刊」接受有國民黨中央宣傳部津貼，以鼓吹三民主義文藝爲發刊宗旨，由於寫稿者大多爲南北著名作家，該刊成爲三十年代中國民黨辦得最爲成功的文學刊物。二十四年十月一日，「中國文藝社」又再改組，分爲文藝月刊社及新成立的文藝俱樂部兩部份。張道藩也透過「中國文藝社」及他自己創立的「中華全國美術會」、國立戲劇學校認識許多文藝界人士。

二十四年十一月，國民黨改組。次月，張道藩擔任新成立的中央文化事業計劃委員會副主委，主委即是一直最賞識他的黨國元老陳果夫。這是張道藩後來能成爲國民黨最高文藝主管的契機。

二十七年三月二十九日至四月一日，國民黨在武昌召開臨時全國代表大會，會中通過確定文化政策的議案。議案是由陳果夫提出來的，議案的內容則是根據中央文化事業計劃委員會所訂的「文化事業計劃綱要」重新整理而成。而張道藩既是「綱要」的策劃人之一，又是該議案的負責起草人之一。文藝是文化部門的主要一環，其中與文藝有關的綱領共有五條：

一、要建立三民主義的哲學、文學、及社會科學的理論體系。

二、要創制發揚民族精神，與國家社會公共生活相應，莊敬正大，剛健和平的樂章。

三、要實施總理紀念獎金辦法，以策勵文藝、社會科學、自然科學、教育及社會服務的進步。

四、要設立國家學會，選拔文學、藝術、科學各方面的專家，以獎勵學術研究的深造。

五、要推廣新聞、廣播、電影、戲劇等事業，以發揚民族意識爲主旨。

這是國民黨在大會中正式提出有關「文藝政策」的第一次。再試觀張道藩後來的經歷及事業與此五條綱領倒若合符節。

在武漢期間，張道藩還先後加入四個全國性的文藝社團，並在其間擔負重要事務工作。這四個社團先後是「劇協」、「影協」、「文協」、「美協」。

二十九年四月，「文藝獎助金管理委員會」（簡稱「文獎會」）在重慶成立。該會名義上雖由中央社會部及中央宣傳部等機構聯合設置，但實際上由張道藩負責主持。「文獎會」由中央撥給十萬元基金作爲對貧困作家之補助，優良文藝雜誌、著作、作品之獎勵或補助出版發表。「文獎會」開始時，經常以「特約撰述、預付稿費」方式對一些著名作家按月予以補助；在三十一、二年間，又以獎勵出版方式，先後印行「抗戰文藝叢書」五種，如老舍的「劍北篇」（三一・五）、吳祖光的「正氣歌」（三一・六）、吳組緗的「鴨嘴澇」（三二・三）、沈起予的「人性的恢復」（三二・六）、洪深的「黃白丹青」（三二・一二）；又「文學名著譯叢」二種，如徐霞村、高滔合譯的「白癡」（三二・一二）和韓侍桁翻譯的「哥薩克人」（三二・八）。

三十二年秋，「文獎會」經各有關機關決定移歸「中央文化運動委員會」辦理，並正式委派張道藩爲主任委員，洪蘭友爲副主任委員。

「中央文化運動委員會」（簡稱「文運會」）是國民黨在抗戰中期成立的新機構，是國民黨的最高文化決策機構。「文運會」是三十年二月七日，由中宣部呈准成立的，由張道藩任主任委員，潘公展（後改胡一貫）、洪蘭友任副主任委員，華林任總幹事。

「文運會」成立之職責在領導全國文化運動，並聯繫羅致全國文藝界優秀作家及音樂、美術、戲劇、電影、民間藝術各部門的專門人才，以期集思廣益，爲共同之努力。，經「文運會」約聘爲委員的人數先後已將近三百人，其中成名耆宿固然很多，青年俊彥也不在少數。

爲了具體推動文化運動，實質即爲三民主義的文化運動，張道藩在三十二年九月的國民黨五屆十一中全會提出由其擬定的「文化運動綱領」，經大會議決通過公佈實施。嗣後又再擬定「文化運動綱領實施辦法」，於三十四年三月五日經五屆中常會第二七九次會議通過實施。張道藩所苦心策劃推動的文化運動，其實施辦法雖已綱張目舉，但隨著接踵而來的勝利、復員、勘亂，整個國家一直處在動蕩不安中，我們後來實在看不到有好的成效。

「文運會」這長遠理想的目標一時雖不易達成，但它的一般性經常工作卻是立竿見影，大家有目共睹的。這些經常性工作主要有：

一、舉辦各種文化座談會。

二、應節舉辦戲劇、美術、音樂等各節之慶祝會。

三、定期舉辦各種文化講座，迄三十四年夏止，已超過一百二十次以上。

四、定期舉辦文化機關間的聯誼會。

五、透過中央廣播電台定期作全國文化動態廣播。

六、編印刊物及叢書。

七、獎勵戲劇寫作，從三十二年度起舉辦優良劇本甄選，對錄取之劇本作者致贈獎金，以資鼓勵。

八、設置文化招待所，款待各地文化工作者來渝短期寄居。

九、作家動態及書刊出版之調查紀錄整理。

十、設立資料室，供文友研究參考。

十一、修葺文化會堂，借各團體集會之用。

十二、救助由淪陷區來渝之文化界人士。

上述編印刊物及叢書，可再詳述如下。刊物共有二種，一為「文化先鋒」，三十一年九月一日創刊，由李辰冬主編，先是週刊後改半月刊，迄三十七年九月，出至九卷七期後停刊；一為「文藝先鋒」半月刊，由王進珊、李辰冬、徐霞村先後主編，迄三十七年冬，出至十三卷四期後停刊。叢書名「文化運動叢書」，出過十種以上，主要有1.三民主義之文化運動2.抗戰四年來的文化運動（

上下册）3.科學化運動4.文藝論戰：張道藩等著（三三・七）5.新人生觀與新文藝：李辰冬著（三四・七）6.自然與人生：陳正祥著（三四・六）等。

以上這些作爲想法都是張道藩親身體驗的結晶。此外，當時他在三十一年九月一日出版的「文化先鋒」創刊號上以個人名義發表了長達約二萬餘言的「我們所需要的文藝政策」，實有其重大意義在。由發表的時間及內容來看，我們相信這是針對同年五月毛澤東的「在延安文藝座談會上的講話」精心撰寫的。該文除曾收於上述「文藝論戰」一書外，在五十九年七月再由台北中國語文學會根據修正稿重出單行本。

抗戰到達後期時，國共磨擦又逐漸日趨激烈。文藝團體更是明顯，且多已由左派文化人所掌握。身爲「文運會」負責人，張道藩怎能不憂心忡忡，思謀有以抵制。雖然「文協」從二十七年三月創立迄三十三年四月舉行六屆年會時，張道藩一直都是維持理事身份參與活動，但到後來已發覺非另起爐灶不可。三十三年十一月五日，張道藩、潘公展等在重慶即另行發起成立「中國著作人協會」，並請吳敬恆、于右任、張繼、戴季陶、孫科、陳布雷、陳果夫、朱家驊爲名譽會員。惟會議開至中途即遭到中共作家夏衍等有計劃的退場，以示抵制。

三十四年十月十日，「文協」在重慶召開理監事聯席會議，認爲抗日經已勝利，應將「中華全國文藝界抗敵協會」中「抗敵」兩字取掉，簡稱仍稱「文協」。三十五年一月，張道藩即再連絡一批右派作家，成立「中華全國文藝作家協會」並擔任理事長，與原「文協」分庭抗禮，各別苗頭。

三十八年來台後，張道藩仍以文藝大家長的身份首先在台北創設「中華文藝獎金委員會」；不久又發起「中國文藝協會」，繼續爲台灣文藝工作者盡心盡力。

五十五年三月，國民黨九屆三中全會中爲適應當前革命任務要求，通過「强化戰鬥文藝領導方案」，增進對於文藝的輔導與服務。張道藩本是該方案審查組的召集人，會後理所當然的擔任新成立的「中央文藝工作指導小組」第一召集人，事實上再度成爲國民黨文藝政策的最高負責人。

張道藩的文藝政策觀最後具體而微地顯示在五十六年十一月國民黨九屆五中全會所通過的「當前文藝政策」該案上。這是民國以來我國文藝政策的新里程碑。除了確定文藝的基本目標及創作路線外，更重要的是政府要設立專責的文藝機構作爲輔導；政府更要設置鉅額文藝基金，列入預算，作爲培養人才，獎勵作品之經費等等。這個具有前瞻性的文藝政策，事實上係透過張道藩的苦心策劃，經大會修正通過的。最重要的是，這個文藝政策並不是開過會後就束之高閣存檔了事，後來的發展正顯示它的正確性與可行性。

最後還要提及的是，作爲文藝作家的張道藩，除了前面先後提及的著述外，他生前曾於四十三年四月由台北文藝創作出版社印行「三民主義文藝論」一書，內容包括實質論、創作方法論、形式論三部份。逝後又承傳記文學出版社於五十七年十月一日印行他自傳的一部份「酸甜苦辣的回味」；中國語文學會於五十八年七月印行他的論文「我對中國語文的看法」。

事實上，張道藩生前發表過的許多重要文章，大多散見於南京的「文藝月刊」，漢口的「抗戰戲劇」半月刊，「戲劇新聞」週刊，重慶的「文藝先鋒」、「文化先鋒」及「文藝月刊‧戰時特刊」，台北的「文藝創作」月刊等刊物上。黨史會或文工會能廣泛蒐輯，儘速出版他的「文集」，則不失爲對張道藩的最有意義的紀念。

主要參考著作：

1. 趙友培：文壇先進張道藩，民國六十四年六月，台北重光文藝出版社初版。
2. 教育部：第二次中國教育年鑑（四册），民國三十七年十二月，上海商務印書館初版。
3. 張道藩：張道藩戲劇集（七册），民國四十六年十月，台北正中書局台初版。
4. 杜雲之：中華民國電影史（上下册），民國七十七年六月，台北行政院文化建設委員會初版。
5. 公孫魯：中國電影史話第二集，六〇年代初，香港南天書業公司初版。
6. 文天行、王大明、廖全京：中華全國文藝界抗敵協會資料彙編，一九八三年十二月，成都四川省社會科學院出版社初版。
7. 藍海（田仲濟）：中國抗戰文藝史，一九八四年三月，濟南山東文藝出版社初版。
8. 蘇光文：抗戰文學紀程：一九八六年四月，重慶西南師範大學出版社初版。
9. 閻折梧：中國現代話劇教育史稿，一九八六年五月，上海華東師範大學出版社初版。
10. 徐迺翔：中國現代文學辭典Ⅲ・戲劇卷，一九八九年十一月，南寧廣西人民出版社初版。
11. 國立劇校：國立戲劇專科學校成立十週年紀念刊，民國三十四年九月重慶該校初版。
12. 文運會；四年來之中央文化運動委員會，民國三十四年四月，重慶該會初版。
13. 張道藩等：文藝論戰，民國三十三年七月，重慶中央文化運動委員會初版。
14. 國立政治大學：國立政治大學校史稿，民國七十八年五月二十日，台北該校初版。
15. 劉國銘：中華民國國民政府軍政職官人物誌，一九八九年三月，北京春秋出版社初版。
16. 唐沅等：中國現代文學期刊目錄彙編（上下册），一九八八年九月，天津人民出版社初版。

（本文作者為文學史料家，現任明台產物保險公司水產部經理）

張道藩的文藝歷程

李瑞騰

一、前言

最近幾年，我曾兩度討論張道藩先生，一次是民國七十六年在文訊雜誌社舉辦的「抗戰文學研討會」中宣讀的論文：〈張道藩《我們所需要的文藝政策》試論〉（註①）；一次是民國七十七年張道藩先生逝世二十周年忌日的前夕所寫的〈紀念張道藩先生〉（註②）。我的基本立場純粹是因爲張道藩是一個歷史人物，「身繫國民黨從大陸到台灣的文藝政策與工作」（註③），而國民黨的文藝政策影響了整個三〇年代以降自由中國的文藝之發展，不管功過如何，都值得我們客觀地把它當做一個文藝的歷史命題來處理，同時可以藉以討論今日在台灣的文藝現實問題。

張道藩一生的工作主要是黨務和政事，特別集中在文化和政治兩個範疇，但他的最愛是前者，尤其是文藝（註④），這和他的教育背景有關，當年赴歐留學，他的專業是美術，同時在語文和音樂方面也有一些涉獵；他作畫，後來也編寫劇本，討論文藝的工作問題，更發起成立文藝性社團以推動文藝發展等。緣此，我們可以這麼說，張道藩一生的事業主要是文藝，本文主要是敍述張道藩的文藝歷程，無可避免的要觸及他的創作，以及他對文藝的認識，另外他與國民黨的文藝政策息息相關，亦值得討論。

二、張道藩的文藝事業

張道藩（一八九七—一九六八）出生於「世代書香門第」卻又是「一個清寒的家庭」（註⑤），啓蒙時期所讀的書和一般學童沒什麼兩樣，從舊式私塾、新式高級小學到北平南開中學，學業成績都不錯。根據記載，張道藩在八歲上私塾時，就格外喜愛作詩和繪畫；讀高小時，有機會閱讀《新民叢報》（註⑥）。這對於他日後在文藝方面的發展應有一些影響。

張道藩的文藝歷程在兒童時期可以說已經起步，但眞正的學習並不在國內，而是在歐洲。一九二〇年元月，張道藩以勤工儉學學生的身份抵達倫敦，先在維多利亞公園學校補習英文，後入克乃佛穆天主教學院學語文、繪畫、音樂；次年，考入倫敦大學大學院美術部思乃得學院，專學美術，選定繪畫爲正科，裝飾畫爲副科，三年以後成爲該校美術部第一個得到畢業文憑的中國學生。

一九二四年，張道藩來到法國巴黎，進了法國國立巴黎最高美術專門學校，選了點畫派名畫家藹恩勒士提勞望教授的畫室，在自由開放的學風中，繼續習畫。

對於張道藩來說，文藝原來是一種趣味，一種生活，和自我的生命是結合在一起的，但由於他早在倫敦求學時期就加入了中國國民黨（一九二二），一九二六年返國以後參與了黨務工作，終於讓他「發現了文藝對青年人思想情感的深遠」，「深深感到：文藝除了本身的使命之外，對政治實在有很大的影響」（註⑦）。結合感性的趣味與理性的認知，是張道藩從事文藝工作的主導力量，而國民黨提供他在這方面的行政權力，終於使他無可避免的身繫三〇年代以降的現代文學之發展。

綜觀張道藩實際從事黨政事務的文教工作以來（一九三〇）的文藝歷程，約略可以做如下的階段性說明：

(一)大陸時期（一九三〇—一九四九）

這二十年間的中國，正是左翼系統的無產階級文學運動勢力配合中共對國民黨的政治鬥爭逐步取得優勢，甚至席捲整個大陸文壇的一段時期，從「中國左翼作家聯盟」成立（一九三〇—一九三六）、「文藝大衆化」論爭（一九三〇—一九三四）、「中華全國文藝界抗敵協會」成立（一九三八）、「延安文藝座談會」的召開（一九四二）及中共的文藝整風等，形成一個文藝鬥爭的發展脈絡，此其中雖有自由主義傾向的梁實秋，以及自稱「自由人」的胡秋原，自稱「第三種人」的蘇汶等，向左的系統提出挑戰，但整個大的發展形勢，實難以扭轉，國民黨也就是在這種情況之下開始重視文化，由陳果夫提出「文化事業計劃綱要」（一九三八），有關文藝的部分，明列了要建立三民主義文學的理論體系，發揚民族精神，以具體辦法推動文藝發展，獎勵專家進行文學研究。（註⑧）

這是國民黨首次對於文藝所做的政策性宣告，時任教育部常務次長的張道藩是這個「綱要」的起草人之一，其後則成爲實際執行者。

從戰時在重慶到勝利還都在南京，張道藩的文藝工作可以分成：

①興辦學校，培養文藝人才，最具體的是成立「南京戲劇學校」。另外，成立「青年寫作指導委員會」的目標也是一樣。

②成立文化性機構，如「文化運動委員會」、「文藝獎助金管理委員會」、「文稿供應社」等，主要的目的是協助並獎勵文藝工作者，進而推動文藝的發展。

③組織文藝社團，凝聚社會資源，以發揮文藝的功能，如成立「中華全國美術會」，舉辦美展等。

④創辦文化性刊物，如《文化先鋒》、《文藝先鋒》，提供作品發表園地，提出文藝主張以抑制左

派文藝勢力的擴張。（註⑨）

站在國民黨的立場，這些在文藝方面的實際作爲，方向應該是正確的，如果在承平時期，有效的整合運用，可能會主導一個時代的文風，但我們要了解，三、四十年代的中國實在是一個複雜至極的時代，封建王朝崩解以後的亂象愈演愈烈，文化界由五四階段的衆華競放發展到此際，幾已落入文化政治意識形態的操控了。由於國民黨在政策上一直沒有提出對於文藝的整體規畫，也可以說不重視吧，等到發現「文藝」做爲公共事務有其不可忽視的重要性時，文藝界的江山已喪失泰半，張道藩等人所能著力之處也是非常有限，僅只武漢、重慶、南京等地而已。

對大陸時期張道藩的評價一直都非常紛歧，在故舊門生的眼中，他的人及其在文藝方面的所作所爲眞是可圈可點（註⑩）；另有一些人認爲他的作法可議，在和中共的鬥爭上面是一個失敗者（註⑪）；至於中共，則直接說他是「國民黨文化特務頭子」（註⑫）。平心靜氣的說，國民黨在大陸的失敗是個歷史的客觀事實，厥因複雜，不能全委諸於文藝；張道藩的文藝工作之方向大體沒錯，不過已經緩不濟急，無法旋乾轉坤了。

值得注意的是，大陸棄守轉進來台以後，張道藩仍主導黨政文藝事務，其所根據正是他在大陸上的一些經驗。

(二)台灣時期（一九四九——一九六八）

一九四九年十二月七日，政府宣佈遷台，開啓了台灣的新紀元。

張道藩也來到台灣，這一年的年底，他當選中國廣播公司的董事長；次年春天，他創設了「中華文藝獎助委員會」（簡稱「文獎會」），擔任主任委員；五月，發起組織「中國文藝協會」（簡稱「文協」）；十月，接任中華日報董事長；一九五一年五月，創辦了《文藝創作》月刊。但從一九五二年起，他被提名當選立法院院長（一九五二—一九六一），雖然力有所未逮於文藝，但仍於一九五三年十一月完成了《三民主義文藝論》，一九五六年創辦中興文藝圖書館，並在辭世前一年（一九六七），促成國民黨在九屆五中全會中修正通過「當前文藝政策」。

這個階段大約是從五〇年代到六〇年代的後期，張道藩最直接的影響是五〇年代的前期，經由「文獎會」及其機關刊物《文藝創作》、「文協」的有效運作，由大陸匆促來台的作家羣，採戰鬥之姿，以反共爲標的，凝聚力量，在「道公」的領導之下，集體創造了昂揚奮進的時代文體。

從大陸情勢逆轉、政府遷台到台海危機解除（一九五五），中國人與中國社會處在一個空前的劇變之中，台灣這個撮爾小島，竟然成爲承擔時代苦難及其可能解除的所謂復興基地，在這種情況下，一九四九年以後的台灣，反共成爲無可避免的集體共識，戰鬥成了別無選擇的一種心態和生活方式，張道藩承蔣中正總統的厚愛，做爲二陳（CC）系統的一員大將（註⑬），起而組織文藝界、協助文藝的發展：「獎助富有時代性的文藝創作，以激勵民心士氣，發揮反共抗俄的精神力量」（註⑭），「團結全國文藝界，研究文藝理論，從事文藝創作，展開文藝運動，發展文藝事業，實踐三民主義文化建設，完成反共抗俄復國建國任務，促進世界和平」（註⑮），「深感文藝作品不能大量發展，不僅埋沒了作家的心血，減少思想戰精神戰的力量，且將低抑了作家們寫作的情緒，阻滯了整個文藝運動的發展。……決定……發行本刊……」（註⑯），毋寧是一件極其自然且是必要的事，論者或以爲「他們的文學來自憤怒和仇恨，所以五〇年代文學所開的花朵是白色而荒涼的」（註⑰），實在說並不是很公平的說法。

張道藩一方面進行文藝的社會化運動，自己又積極參與，同時也致力於系統文藝理論的建立，《三民主義文藝論》的完成，乃是一九三八年「文化事業計劃綱要」精神的落實。至於創辦「中興文藝圖書館」，更可見其前瞻性眼光；促成「當前文藝政策」的修正通過，則是從一九四一年以個人名義發表《我們所需要的文藝政策》發展而來，文藝的社會面乃是公眾事務，其政策之製訂必須合乎時代需要，且具有民意基礎，「當前文藝政策」標定「當前」，可見是時代產物。

張道藩對五〇年代台灣的文學影響甚大，文學史家不能視而不見。

三、張道藩的文藝創作

(一)繪畫

張道藩八歲學畫，後來赴歐留學，專學美術，受過嚴格的素描訓練，在英國倫敦大學美術部修過的課有透視學、裝飾畫、美術史、雕刻史、美術理論等。在巴黎最高美術專門學校讀書時，已有作品在法國國家沙龍展出。（註⑱）

一九六九年六月十二日張道藩辭世周年紀念，其遺作中西畫百幅於史博館展出，並印有《張道藩先生畫選》（註⑲）；趙友培著《文壇先進張道藩》書前有銅版紙彩印八幅，書中有黑白十餘幅，頗能看出其畫風，齊白石題張道藩「平生初次畫葫蘆」：「此幅乃道藩弟所學之作，大有造化之意，願吾弟鬢白如我，莫忘好樣」，王藍看過張道藩的各種畫作之後說：「他的天賦與工力都超越常人。」並表示，如果不是從政用去他太多的時間和精力，「他在繪畫上的成就必更驚人」（註⑳）

，和他至爲親近的蔣碧微也有相類似的遺憾（註㉑）。

大體來說，張道藩的畫，種類繁多，有素描，有國畫，有水彩，有油畫；內容則有人物，有花卉，有山水。在表現上，筆觸細膩，構圖大膽，用色或濃或淡，全以素材而定，普遍有穠艷傾向，尤其是花卉，山水景物則顯得安靜平和，意靜悠邈。

張道藩習染倫敦、巴黎等歐洲畫風，師事齊白石，與徐悲鴻等人爲友，整體表現出明顯的中國特質，如果眞能不廢丹青，則或能爲現代中國畫壇增添光采。

(二)戲劇

遠在歐洲求學時期，張道藩就常看戲，「遠自莎士比亞，近至蕭伯納、易卜生的創作，只要有他們的戲劇演出，我總要去看」（註㉒），一九三〇年，歐陽予倩、洪深、田漢等人在上海提倡話劇，後來陸續有左傾份子介入，以話劇作爲宣傳。張道藩奉命從事戲劇活動，爲了徵求劇本受到一些困難，他下定決心自己動手編寫劇本（註㉓），一九三四年完成《自救》劇本（在此之前他曾翻譯法劇作家約瑟爾曼的《第一次雲霧》，本年將此劇本改寫成中國式劇情，易劇名爲《蜜月旅行》），其後則陸續創作《自誤》、《最後關頭》、《殺敵報國》、《留學生之戀》等四部作品。並改編雨果名劇《項日樂》爲《狄四娘》、翻譯美國人 Allan Thornhill 的《忘記了的因素》（註㉔）。除此之外，他也寫成兩部電影劇本：《密電碼》、《再相逢》。

「劇本就是戲劇的靈魂」（註㉕），這是張道藩在三〇年代親自編寫劇本的主因，根據記載，他也曾親自登台（註㉖），但演的如何，實難覆驗，不過劇本除電影以外都完整地留下來了，可供我們觀賞，並藉以了解張道藩如何將戲劇的藝術性與宣傳性結合在一起。

《自救》初稿原爲五幕劇，後改爲四幕，發表於一九三四年五月《時事月報》，次年七月由南京正中書局出版單行本，前有〈引言〉，各幕皆印有當時演出劇照多幀，本文後附印資料五種：㈠《自救》排演須知（張道藩）、㈡《自救》和《第一次的雲霧》在南京公演以後（張道藩）、㈢各報所載之批評（謝壽康等十九篇）、㈣讀了《自救》和《第一次的雲霧》各種批評以後（張道藩）、㈤《第一次的雲霧》獨幕劇（張道藩譯）。

《自救》以新舊交替時代的婚姻與愛情爲題材，描寫老官僚曾崇文的女兒曾麗英爲解除被退婚的危機而設法赴法留學，最終得以「自救」的過程，旨在抨擊舊時代「包辦式的婚姻」，同時對於當時「幼稚而且極端的自由戀愛」（註㉗）提出針砭，頗發人深省。

此劇編成以後曾多次公演，第四次在南京，由首都公餘聯歡社話劇股演出，張道藩參與導演，於一九三四年九月底公演三天，「一個月以內，首都各報先後發表過廿多篇批評文字」（註㉘），張道藩曾撰長文公開答覆，用語懇切，析理甚明，其後出版單行本，復將各種批評文章收錄於其中，此種坦蕩作風，與其後因〈我們所需要的文藝政策〉引起論戰，張氏兩度公開答辯，並彙編論戰文集（註㉙），作法一致，前後輝映，充分顯示他的開明與理性。

既寫《自救》而後有《自誤》，張道藩仍從女性面對愛情與婚姻的心理與行爲入手，卻提出另外一種悲劇性模式：已婚女性（沈秀娟）無法抗拒誘惑而演出外遇，堅持離婚，最後卻發現再嫁者是一位愛情騙子（鄒翊生），而服毒自殺於前夫懷中。

此劇由一眞實故事編成，頗具時代意義，而且富有啓示性，尤其是年輕夫妻面對婚變的處置方式，自誤者何獨沈秀娟，愛她極深的丈夫馮誠之，欠缺智慧以處理妻子的外遇，何嘗不是一種「自誤」。

一九三五年春天，此劇由張道藩導演，亦由公餘聯歡社話劇團演出，在南京上演兩星期，「頗得好評」（註㉚）。劇本原發表於《文藝月刊》（一九三四年十月），後亦由正中書局出版單行本。《最後關頭》寫成於一九三六年秋天，次年五月發表於《文藝月刊》戲劇專號，曾抽印單行本兩萬多册，抗日戰爭時期曾先後在京、漢、蘇、皖、贛、湘、鄂各地公演。一九三八年十月，連同《殺敵報國》納入重慶「藝文研究會」出版、獨立出版社發行的「抗戰戲劇叢書」之五（註㉛），後亦由正中書局印行。

此劇爲五幕劇，寫唐賀兩家族的鬥爭，「以小喻大」，「隱寫了中日兩國數年來政治軍事外交許多的史實，而且還預料著中日血戰之必然發生，更肯定的指出中國要在甚麼情形之下纔能抗戰，到了什麼情形之下纔是最後關頭，要怎樣的全國一致努力奮鬥果敢犧牲忠勇抗戰纔能夠得到最後勝利」（註㉜），由於寫作之時七七抗戰還沒爆發，蔣委員長堅持的「犧牲不到最後關頭，決不輕言犧牲」是對日的最高指導原則，張道藩以戲劇形式表達其國族情懷，暗含强烈的抗戰意識，在抗戰戲劇中頗值得重視。

《殺敵報國》是一齣獨幕劇，寫作之時政府已宣佈全面抗戰，所以日軍之橫行、漢奸之嘴臉全部暴露出來，而河北固安縣某鎮市附近一農家陷敵時的悲慘遭遇，以及農婦含忍復仇，則是描寫重點。作者使該農夫姓「唐」（前劇亦然）、其妻姓「鍾」（「中」），顯然也是「以小喻大」，喻指中國。

此劇於一九三七年十一月廿日起在南京《新民報》發表，後亦由正中書局印行。

至於四幕劇《留學生之戀》，和前幾齣戲的寫作背景完全不一樣，這時的張道藩已是七十二高齡，就在辭世（一九六八年六月）前幾個月，他以兩天時間完成這一部充滿自傳色彩的作品，或許是有意爲他的異國婚姻寫下永恆的證言，一生「爲私情所累」（註㉝）的張道藩終於還是給予他的髮妻——郭淑媛女士一個合理的定位。

改譯的兩篇：《蜜月旅行》和《狄四娘》，前者原是翻譯，抗戰勝利後將劇情改爲中國故事，寫才從蜜月旅行回到北平住進旅館的一對新婚夫妻，他們的對話與行動，涉及相對雙方的心理差距以及現實生活上諸多可能的問題，一九五四年在台北重印時，張道藩說：「希望這劇本仍然能夠對許多初婚夫婦彼此求謀諒解上有一點貢獻，使他們都能得到美滿的結婚生活。」（註㉞）而四幕劇《狄四娘》，一個改寫以後頗具中國傳奇特色的風塵女子報恩故事，於民國廿五年改編出版以後，「各處爭相公演，均獲良好效果」（註㉟）。一九四九年以後，港台皆曾公演此劇；張道藩辭世後，李曼瑰教授領導演出，期能籌建「道藩紀念劇院」。（註㊱）

直接翻譯的《忘記了的因素》（The Forgotten Factor）是三幕劇，一九四八年八月由上海獨立出版社出版，敘述勞資糾紛及其化解，在現代的工業城市裡，這種事隨時都在發生，張道藩在四〇年代末期引進「忘記了的因素」，深具啓悟之價值。

在《最後關頭》的引言裡，張道藩說：「近五、六年來，我一天一天的感覺戲劇在文化上有它特殊的使命，在教育上有它偉大的力量，我纔利用公餘之暇從事戲劇創作和實驗。」同時他說，希望「此後有生之年能專門從事戲劇」、「每年能寫一個劇本」（註㊲）。他的願望沒有實現，作品的量有限，而且多少帶有宣傳性，對於戲劇的純粹藝術性有時實難照顧，譬如《自誤》的最後一幕，硬是要拖個這樣的「你應該盡你國民一份子的責任，去爲國家做一點有用的事業」尾巴。但無論如何也不至於像徐訏所說：「實在寫得幼稚，水準始終在五四初期剛剛從文明戲解放出來時的階段」（註㊳）。我以爲張道藩的戲劇創作有重新評估的必要，不過要特別注意其生命處境和所處時代的結合之處。

㈢散文

張道藩主要的文藝創作是繪畫和戲劇，散文非其所長，但從他留下來的諸多文字資料中，我們發現他的散文，文筆流暢，頗有可觀之處。

前引徐訏文中曾提及「我讀到過他的一封寫給邵洵美的信，這封信倒是寫得委婉曲折，有情有致」，「委婉曲折，有情有致」正可做爲張氏散文的評語，特別是生活和心情的記錄，像蔣碧微文中留下來的一些書信，以及收在《酸甜苦辣的回味》中的〈從抗戰到戡亂筆記的片斷〉，可惜數量不多。茲舉二則以供賞讀：

昨晚敵機轟炸聲剛停止，我就擠出了防空壕，登高一望見七星崗領事巷一帶火光熊熊，濃煙衝天，估計距離，當在我家不遠，即刻步行回去，眼見大火之處，已在嘉廬附近，施救效力極微，燃燒十分熾烈。素珊催我搬點東西，我嘴裡答應，心裡實在不願意，這時候的心情，就像前年離開南京寓所以前的那幾小時一樣，因為我想爽性付之一炬，倒也乾淨！靜默中忽然聽到女兒說：

「爸爸！你把我的衣服拿到教育部好不好？」

這句話使我大為感動，我當然知道這是素珊見我不動，是她教女兒這樣說的，於是我才將重要的衣物搬到教育部。……

——二十八年五月三日筆記〈苦難山城〉（註㊴）

每一次，都可以從教堂樓上的窗戶，憑眺我和你一同住過十多年的屋頂，我曾很多次的以我虔誠的心，向上帝禱告，為你祈福。平時，每天也總會有許多事物，使我觸景生情，想到了你。凡此種種，你相信嗎？……當我聽到你爽朗、甜脆的聲音時，使我心跳不已。在驚喜之餘，也許我有點激動，因而只簡短交換數語，一次嚮往已久的通話，便這麼令我悵悵然的結束。

……

——五十五年九月六日致蔣碧微書（註㊵）

這些散文，文體潔淨，情感眞摯，寫後文時，張道藩甫過七十歲生日不久，筆尖自然流瀉深情，純眞可愛；前文中的素珊即郭淑媛，苦難山城中的夫妻，自有不同的思路，筆下全無遮攔，而父女情篤，在輕描淡寫中披露無遺。這樣的文字未曾多寫，誠令人遺憾！

四、張道藩對文藝的認識

張道藩習畫多年，自有其對於美術的一些看法；編寫劇本，從事戲劇運動，對於戲劇當有深刻的體會；主管黨政文藝事務，推動文藝發展，其對文藝的本質、創作方法以及形式等，必然會有一套系統理論。他對文藝的認識，一方面表現在實際的文藝作爲上，如創作和運動；一方面表現在有關文藝的言論上，如在大陸時期提出〈我們所需要的文藝政策〉，並爲其答辯，在台灣時期提出《三民主義文藝論》，並使其理論公開化制度化成爲黨的乃至於國家的政策。研究張道藩對文藝的認識，不僅是文藝批評的研究，同時更是文藝社會學的研究，這是一個極複雜的命題，請假以時日再專題論述，在這裡只能概括性來談。

大體來說，張道藩其實是非常了解文藝在根本上是從人心人性出發，而涉及人際人生；他了解文藝作爲一種自我的完成與負有社會使命之間，究竟存在著什麼樣的關係。但是，他畢竟是一個政治人物，不是一個純粹的作家，或是一個文藝批評者，他無可避免的要從「公衆」的角度來思考有關文藝的問題，所以他特別强調「我們」（如〈我們所需要的文藝政策〉、〈我們爲什麼提倡文藝〉），特別著重「當前」（如〈論當前文藝創作三個問題〉、〈論當前自由中國文藝發展的方向〉、〈當前文藝政策〉），甚至於大談「文藝作戰與反攻」的問題（註㊶）。

但是張道藩仍然是一個文藝人物，所以他會說：「文藝有宣傳效用，並不限定、有損藝術價值」、「當前我們反共的文藝作品，實在缺乏較高的藝術價值」、「要想擴大文藝效能，今後必須研究藝術與技巧」（註㊷）；所以他極力「幫助愛好文學的青年」，主張「文藝作家無法委派」、「應由國家設置鉅額文藝基金」（註㊸），更可貴的是他建立了一座文藝的專業圖書館（註㊹）。

由理論到實踐，張道藩一步一步經營他的文藝事業；從大陸到台灣，他將自己的文藝歷程緊緊繫聯整個時代社會。有苦有樂，有成功也有失敗，走一趟他走過的路，我們能有什麼樣的發現和體悟？

註釋：

①該研討會計發表十三篇論文，頗受重視，論文集未曾出版。拙文後來發表在《台北市立圖書館館訊》六卷一期，七十七年九月。

②中華日報副刊，七十七年六月九日。

③拙文〈紀念張道藩先生〉。

④關於張道藩熱愛文藝一事，趙友培《文壇先進張道藩》（以下簡稱「趙書」）一書中記載頗多。另外，一九三四年他談到《自救》劇本的編寫時，曾說「文藝」是他「從前的愛人」，最可以做爲證明，見《張道藩戲劇集》《自救》頁六六。

⑤張道藩《酸甜苦辣的回味》〈我怎樣的參加中國國民黨〉，頁三。台北，傳記文學，五十七年十月。

⑥張道藩第一個啓蒙老師是他的「荷姑」，荷姑能寫詩，善作文，擅長國畫，精於刺繡。這是他學畫的開始。至於讀《新民叢報》，則增加不少新智識，對於梁啓超，「由愛其文而敬佩其人」。見《趙書》第一、二篇及註⑤張文。

⑦趙書，頁一一〇、一一一。

⑧趙書，頁一四五。

⑨趙書，第十一～十六篇。

⑩詳《張道藩哀思錄》所收悼念之詩文。五十七年，張道藩先生治喪委員會編印。

⑪如劉心皇在《現代中國文學史話》第四卷〈抗戰時期文藝述評〉即不斷指責國民黨在文藝方面的失敗，而且直指「當

時的主持人」，見頁七六九。台北，正中，六十年八月。

⑫這句話出自香港「中國現代文學研究中心」《六十年文藝大事記（一九一九～一九七九）》頁一〇一。此書橫排簡體，版權頁不清不楚，標明一九七九年十月初版，一看即知中共著作。

⑬二陳即陳果夫、陳立夫兄弟，張道藩與二陳往來的情況，趙書不少篇章都提到。涉及到立法院政治派系部分，詳〈張道藩與立法院〉，自立晚報五十年二月廿五～廿八日。

⑭趙書，頁二九五。

⑮「中國文藝協會會章」第一章「總則」第二條。見《文協十年》，四十九年五月四日出版。

⑯張道藩〈《文藝創作》發刊詞〉，原載四十年五月四日《文藝創作》第一期。

⑰葉石濤《台灣文學史綱》，頁八八。文學界，七十六年二月。

⑱趙書，頁五九。

⑲張道藩先生遺作整理委員會出版，正中書局印行，五十八年六月。另外，蔣碧微編輯出版的《張道藩書畫集》亦於同時出版，此集所收全爲蔣氏所藏，有畫八幅、字四幅。蔣曾撰〈道藩的三個心願〉詳其始末，載《中外雜誌》五卷六期，五十八年六月。

⑳王藍〈文藝鬥士張道藩先生〉，載《張道藩先生哀思錄》，頁一二六。

㉑見〈道藩的三個心願〉。

㉒趙書，頁一一四。

㉓趙書，頁一一六。

㉔張道藩著譯的話劇作品總計八部，除《留學生之戀》外皆曾由正中書局出版，早已絕版，張氏辭世二周年，蔣碧微

彙編而成《張道藩戲劇集》（五十九年六月），自資印行，分贈親友。

㉕趙書，頁一一七。

㉖趙書，頁一二一。

㉗本劇用意曾有爭議，見張道藩〈《自救》和《第一次雲霧》在南京公演以後〉所錄張道藩與舒湮的對答。

㉘見〈讀了對《自救》和《第一次的雲霧》各種批評以後〉。

㉙即《文藝論戰》一書，收〈我們所需要的文藝政策〉、十五篇批評文章及張道藩的兩篇答辯，張氏並有序以記其始末。此書列入文運會文化運動叢書第五種，三十三年七月，重慶。參考拙文〈張道藩《我們所需要的文藝政策》析論〉。

㉚趙書，頁一二〇。

㉛見秦賢次，《抗戰時期文學史料》，頁十六，文訊雜誌社，七十六年七月。

㉜杜壽康〈《最後關頭》序〉，《最後關頭》頁七。

㉝趙書，頁四一七。

㉞張道藩〈蜜月旅行改譯和重印的經過〉。

㉟李曼瑰〈張道藩先生與《狄四娘》〉，載《張道藩先生哀思錄》，頁一六三。

㊱同上註。「道藩紀念劇院」顯然沒有蓋成。

㊲張道藩〈《最後關頭》引言〉。

㊳徐訏〈念人憶事〉，載《傳記文學》十五卷三期，五十八年九月。

㊴見〈道藩的三個心願〉。

㊵《酸甜苦辣的回味》，頁五一。

㊶這裡所舉的一些篇章，〈我們爲什麼提倡文藝〉是文藝界爲了響應中國國民黨九屆五中全會所通過的「當前文藝政策」而聯名發表的專文，由張道藩領銜具名，發表在五十六年十二月八~九日的中央日報上。事實上這篇文章是張道藩「逐一列舉理由」，由趙友培「記錄要點，加以整理」的，見趙文〈道藩先生與文藝政策〉（《中國語文》廿七卷一期）。〈當前文藝政策〉有不少意見來自張道藩，見前揭趙文。討論文藝作戰與反攻的文章題爲〈論文藝作戰與反攻〉，發表於《文藝創作》廿五期、及四十二年五月四日中央日報。其餘兩篇，〈論當前文藝創作三個問題〉發表於《文藝創作》創刊週年的紀念特刊，及四十一年五四中央日報、聯合報、公論報上，〈論當前自由中國文藝發展的方向〉發表於四十二年元旦的台灣新生報及公論報。

㊷見〈論當前自由中國文藝發展的方向〉。

㊸見張道藩遺著〈我對文藝工作的體認和期望〉，載《中國語文》三六卷六期。

㊹四十五年七月張道藩呈請中央結束「文獎會」，停辦《文藝創作》，乃在重慶南路原址創辦了「中興文藝圖書館」；五十七年辭世以後發展成「道藩圖書館」，在羅斯福路與「文協」同層；六十九年此圖書館移交台北市立圖書館而成立「道藩紀念圖書館」。至此而離張道藩文藝專業圖書館的理想愈遠矣。

（本文作者現任淡江大學中文研究所副教授）

張道藩的戲劇作品研究

■鄧綏甯

一、引言

道藩先生以畢生的精力從事「文藝」與「政治」兩大工作，其目的在於以文藝匡救政治，而以政治扶植文藝，使二者能夠並行不悖而相輔相成，並進而創造優美的文藝，建設完善的政治，以實現其報國濟世的崇高理想。

道藩先生早年留學英、法八年之久，他主修的雖然是美術，但對戲劇也有極濃厚的興趣，所以觀賞沙士比亞、易卜生以及蕭伯納等名家的戲劇演出，便成爲他的輔修課程。也就因此，在他返國之後，即使在他長期從政的歲月中，也不放棄繪畫與戲劇創作。

道藩先生雖然受到西方藝術思想的薰陶，但他身爲中國人的本質未變，他的思想仍然是中國本位的。他具有唯美是求與擇善固執的天性，因而他理想的文藝是臻於至美，而理想的政治乃止於至善。但時代如此，環境如此，事事未必盡如人意，因而在道藩先生爲文藝與政治的長期奮鬥過程中，有時也難免有力不從心之感。只要閱讀他在「傳記文學」中所發表的「酸甜苦辣的回味」一文，就可以了解到他力不從心的各種情況。儘管如此，道藩先生仍抱著儒家的知其不可爲而爲的精神，繼續爲實現他的崇高理想而奮鬥下去，直到鞠躬盡瘁，死而後已！誠然，道藩先生是一位名副其實的「文藝鬥士」。

道藩先生所創作、改編以及翻譯的劇本，共有八部。其中屬於創作者，計有「自救」、「自誤」、「最後關頭」、「殺敵報國」、「留學生之戀」等五部；屬於改編者，計有「狄四娘」、「蜜月旅行」等二部；屬於翻譯者，則有「忘記了的因素」一部。在這八部劇本中，如以劇情加以分類，則可分為四類：一為婚姻問題劇，如「自救」。二為愛情劇，如「自誤」、「狄四娘」、「蜜月旅行」、「留學生之戀」。三為愛國劇，如「最後關頭」、「殺敵報國」。四為社會問題劇，如「忘記了的因素」。本文以創作劇本為研究對象，至於改編與翻譯的劇本，則不在研討的範圍之內。因此，本文即以「自救」、「自誤」、「最後關頭」、「殺敵報國」、「留學生之戀」等五個子目為序，分別討論之。

二、「自救」

「自救」是道藩先生自歐歸國後首次所寫的四幕劇，因其中寫的是婚姻題材，所以稱之為婚姻問題劇。其故事梗概如下：

曾崇文夫婦，有女名麗英，幼與世交之子金振華訂婚。及長，振華父母雙亡，乃隻身赴法留學。其時，振華雖一再致書麗英，惟終不見覆，乃決然投書麗英表達退婚之意。麗英獲書後，全家為之震驚，而曾父尤怒罵不已。少頃，麗英表兄祝成仁夫婦忽至，告以新任駐巴黎總領事，將於日內成行。曾父以金振華退婚一事告之，囑其至巴黎後代為轉告金振華，曾家決不接受退婚。麗英不以為然，為自救計，願隨表兄至法留學，婚姻一事，暫時擱置，圖之異日可也。曾父初則固持己見，堅決不允，旋經成仁夫婦再三相勸，曉以利害，終於首肯。麗英至巴黎後，易名秀芝，因成仁之助，得以進入法國學校。其時，成仁以職務關係，與留學生接觸機會較多。未久，秀芝亦參與當地留學生之各種活動，得與振華相見，秀芝泰然對之，惟振華則一見傾心矣。久之，二人過從甚密，同學多羨慕之。法俗王節之日，祝成仁夫婦與留學生十餘人共進晚餐，以表慶賀之意。餐後為食糕稱王選后之戲，振華食糕內有紅珠一顆，得以稱王。依規，王可任選座中一女性爲后，振華無所顧忌，立選秀芝爲后，並由同學二人分別爲之加冠，衆人鼓掌賀之。其後，二人形影不離，愛情益篤，遂各述往事，盡吐實情。振華爲退婚一函，再三表示歉意，懇求秀芝寬恕，而秀芝亦不復介意，遂重行訂婚焉。

根據「自救」劇本所附錄的文字記載，此劇出版於民國二十三年，但道藩先生寫這個劇本的腹稿，卻早在民國十三年留學期間就已經醞釀成熟了，只因回國以後工作忙碌，遲遲未能動筆，直到民國二十三年才脫稿問世。前後歷時十年之久，此劇所寫的婚姻問題，是否還能切合時代背景？這是我們首先要探討的。因此，我們要回顧這十年間的中國社會情況與婚姻習俗。在這十年間，儘管中國發生了很多重大事件，如南北軍閥的混戰，國民黨北伐與中國的統一，共產黨的崛起，以及日軍的入侵東北等等，對於原有的社會風土人情，尤其是家庭制度與倫理觀念，並沒有發生多大影響。其所以如此之故，當然與絕大多數中國人的保守思想有關，而保守思想的形成，又與千百年來牢不可破的農業社會結構有關。因此之故，我們不能否認這個存在的事實，而以極少數大都市中的極少數知識份子的思想與行爲，代表絕大地區中的絕大多數中國人的思想與行爲，而誇言中國人如何的開通與進步。基於這種回顧與檢討，我則認爲「自救」中所寫的婚姻問題，在民國二十年前後是依然存在的，並沒有成爲過去。

可是，根據「自救」中的附錄文字記載，當此劇於民國二十三年在南京、上海兩地公演之後，有一位署名高美的，在報刊上批評「自救」以婚姻爲題材，乃是「五四」時代的問題，似乎已成過去。這位高美先生，就是我前面所說的誇言中國人如何開通與進步之流。我是那個時代的過來人，據我所知，所謂「包辦婚姻」的習俗，在那個時代，仍然普及全國。內地與邊區省分，固不待言，即首倡「五四運動」的北平，開風氣之先的上海，依然有「包辦婚姻」的家族。因此，我們不能以少數知識份子的個例，而否定普遍存在的事實。據此可以肯定地說，高美對於「自救」的批評，是以偏概全，是不正確的。

老實說，在我們這個社會中，長久以來，有些自命維新的人，往往過於强調「五四運動」的成果，認爲經過這一次的運動，似乎中國人都脫胎換骨而面目一新了。認爲胡適之先生寫了一幕「終身大事」的劇本，似乎瞎子合婚、父母之命、媒妁之言的「包辦婚姻」，就從此滅絕了。這種想法未免過於天眞而幼稚。我們必須承認這個事實，大多數中國人的保守觀念是很難改變的。即使你說那是一種劣根性，他們也無動於心，毫不在乎。不論是「五四」的文功，或「九一八」的武功，都沒有辦法拔盡那些既深且固的劣根。因此，由劣根所滋生出來的「包辦婚姻」，也就「瓜瓞綿綿」了。

高美可能讀過「終身大事」，或者看過這幕劇的演出，所以批評「自救」所寫的婚姻題材，是「五四」時代的問題，已經成爲過去。殊不知道藩先生這本「自救」，就是想拔出「五四」未能拔出的那個劣根「包辦婚姻」。

從「自救」的主題上加以分析，顯而易見的，作者是反對包辦婚姻而主張自主婚姻。在第四幕中，金振華與秀芝（即曾麗英）有一段對話，就足以說明此劇主題之所在。茲引錄於後：

振華　這我卻受不了！不錯，我是訂過婚的，但是我已經要求退婚了。

秀芝　她答應了嗎？

振華　我不管她答不答應，我無論如何不同她結婚的。

秀芝　你為甚麼這樣堅決呢？

振華　因為那是我年幼無知的時候，父母代我訂的。在這二十世紀時代，中國還有包辦式的婚姻，真是中國人的恥辱！中國青年男女的大不幸！

在上面的對話中，尤其是最後金振華的對話，直截了當地指出父母代訂之包辦式的婚姻，是中國人的恥辱，是中國青年男女的大不幸。這段話雖然出於金振華之口，實際上他就是作者的代言人，堅決反對包辦式的婚姻。在同幕中，振華、秀芝、祝太太之間還有一段對話，是這樣寫的：

振華　秀芝，你告訴他們罷。反正將來在巴黎結婚非請領事大人證明不可的。

秀芝　你要告，你告訴他們吧。

祝太太　「在巴黎結婚」？誰同誰在巴黎結婚？

振華　呵！祝太太，不用再拿我們開玩笑啦！您何必裝傻呢？（走過去拉了秀芝回到祝氏夫婦面前，向祝氏夫婦鞠躬。）領事先生。領事太太。我們倆恭恭敬敬鄭重的向你們宣佈。我們倆從前因為反對盲目的婚姻，所以要求退婚。我們現在因為互相親愛，自主的訂了婚啦！

在這段對話中，仍然以金振華爲代言人，他向祝領事夫婦所宣布的話，也就是作者刻意安排向觀衆、讀者以及所有的中國人所宣布的話：「我們倆從前因爲反對盲目的婚姻，所以要求退婚。我們現在因爲互相親愛，自主的訂了婚啦。」這裡所說的「盲目的婚姻」，也就是指包辦式的婚姻，所以應該拒絕，應該反對。所謂「自主訂婚」，也不可以隨便的任性而爲，而要建立在「互相親愛」的基礎之上。總之，這位代言人金振華前後兩次所說的話，就是「自救」一劇主題意識的表達。

其次，談談「自救」中的人物。在第一幕中計有六個人物：曾崇文、曾夫人、祝成仁、祝太太、曾麗英以及僕人王貴。其中曾崇文，是一個老官僚，思想極舊，性情暴躁，凡事任性而爲。這位思想頑固的老官僚，就是典型的包辦婚姻的代表人物。作者對於這個人物的刻劃，可以說是相當細心的。從他的語言到動作，無一不表現出老官僚的頑固思想與暴躁的性格。爲了印證我的說法，引錄劇本原文如下：

崇文　拿水煙袋來。

王貴　是。（僕人退出客廳）

崇文　（拆開信看，看畢將信擲於地下，大怒，跺腳大罵。）啞！豈有此理！真真豈有此理！（王貴正於此時捧著水煙袋由崇文後面進來，王貴聽著崇文罵人，以為或者罵他，駭得往後退了兩步。）混帳東西！混帳東西！（王貴以為是罵他，心慌手亂，倒退兩步，絆倒椅子。）

崇文　（回頭看王貴罵道）你慌甚麼？呃？

王貴　老爺，不敢，我沒有……

崇文　不敢甚麼？沒有甚麼？（王貴回頭即走，剛走至門口。）回來！（王貴即回。）請太太來！

王貴　是，是！（張惶而退）

（王貴出去以後，崇文越發生氣，在廳內亂轉，口中喃喃罵人。）

曾夫人　（帶著笑容入客廳，身著旗袍，長約過膝，梳舊式頭，有髮髻，手上略戴飾物。）老爺，你回來啦，叫我有甚麼事兒？

崇文　（還在生氣，突然的。）真氣死我啦！你看姓金那小子，夠多麼混蛋！

從上面所引有關曾崇文的對話和動作中，我們就會感覺到彷彿眼前出現了這位性情暴躁的老官僚，這就是作者的細心刻劃出來的生動的人物形像。至於描寫他頑固守舊的思想，我們可以舉出如下的一段對話：

崇文　唉！成仁，你這是甚麼話！無論怎麼樣，我根本是反對退婚的。就是你表妹退婚以後，另外嫁一個皇太子，我也不願意的。

曾夫人　老爺，照你這樣說，就是金振華變成了一個壞人，你也要把女兒斷送給他麼？你誠心要害麗英一生一世嗎？你……

崇文　就是姓金的變成了土匪、強盜，我也要麗英嫁他。

曾夫人　（生氣了，站起來，去質問崇文。）唉！你以為你的主意都是好的。你硬要把女兒的幸福斷送了才甘心嗎？（曾夫人氣得要哭了，麗英及祝太太過來勸住，麗英也要下淚了。）

崇文　（起立，指著曾夫人）你鬧甚麼？你……（成仁勸住了。）

我們看了上面這段曾崇文的對話，一定會感到十分詫異，天下竟有如此忍心的父親！爲了顧全老官僚的面子，堅持一己的陳腐思想，不惜斷送女兒的一生幸福，豈非喪心病狂？如此頑固，如此作爲，眞眞令天下爲子女者爲之寒心！

照傳統的戲劇分類，曾崇文應屬於反面人物。寫反面人物，宜令人恨，恨的程度越大，則越足以說明編劇技巧之高。本此，在「自救」的人物當中，應以曾崇文這個人物寫的最爲成功。其他人物，如曾夫人的賢淑，曾麗英的聰明溫柔，也寫的恰如其分。從第二幕起，增加了天狗會的一些朋友：文學家許紹仙夫婦、女音樂家郭蘊華、詩人曹子美、老留學生沈厚之，以及學美術的金振華等。這些人物大多是作者留學時代的朋友，常相聚首，過從甚密，所以寫起來得心應手，繪影狀聲，無不各具風趣。

再次，略論「自救」的劇情結構。此劇雖然提出了婚姻問題，但並未因此問題而產生衝突的情節，儘管在第一幕中，曾崇文於接到金振華要求退婚的函件後，一時出現頓足獨罵的場面，但因沒有對手，也沒有構成衝突。自第二幕起，背景移到巴黎，增加了若干新的人物，而最具戲劇性的人物曾崇文，也就從此不見了。更重要的，婚姻問題這條主線也中斷了，未能繼續發展下去。至於新增的一些人物與事件，彷彿是另起爐灶，且沒有成爲副線，而發揮相輔相成的作用。雖然如此，但因天狗會那些人物的出現，卻增添了喜劇氣氛，這是觀衆所樂於接受的。至於所謂「主題與主線」

也者，在一般觀衆的心目中是無所謂的。然而，我們就戲論戲，則認爲「自救」一劇的結構並不是很完整的。

最後，論到戲劇的語言問題。所謂戲劇的語言，也就是我們日常所說的戲劇對話。這一問題，在爭相提倡「肢體語言」的今日劇壇，似乎已不大引起人們的重視，我則期期以爲不然。試想：人與人之間的接觸，有時口語都不能溝通，如果代以肢體語言，只有拳腳交加的大動作，人們還容易領教，至於皮膚、毛髮的細微動作，我們就茫然不得而知了。既茫然不知，當然就更不能溝通了。或有人說，手語就是一種肢體語言。當然，這個我承認，但這是口不能言，無可奈何，不得已而用之。難道戲劇已交「無可奈何」之運，非廢口而用手不行嗎？再者，大家都知道，電影的由默片到有聲，公認是一重大進步，其所以進步者，除科技外，就是影片中的人物都有口能言了。我相信，時至今日，即使是最提倡動作片的製作人，也不可能開倒車再回過頭去拍口不能言的默片。同理，戲劇也不宜廢口而用肢體，使觀衆陷於茫然無知的地步。

戲劇的語言，具有可以刻劃人物的性格，可以表達人物的思想與感情，可以交代人物之間的關係，以及可以補敍與推展劇情等的效用。由於語言具有這樣多的效用，所以戲劇就不能沒有語言。也就因此，戲劇語言運用技巧的高低，就可以決定戲劇的成功與失敗。

在中國的戲劇作家中，對於語言的運用，在戲劇圈內曾流傳一種說法，那就是：曹禺的語言是文藝腔，老舍的語言是相聲腔。而一般的說法，二者皆有所失，前者失之在「文」，一變而爲「娘娘腔」；後者失之在「滑」，一變而爲「貧嘴腔」。當然，這只是一時的趣談，並非確切之論，無傷於這兩位作家的成就。不過，由此可以看出戲劇語言的運用是相當困難的。「自救」中所用的語言，既非文藝腔，也不是相聲腔，而是大多數劇作家所用的普通腔。這種普通腔的運用，既無大功，也沒有大過，名副其實，普通而已。一般來說，戲劇語言最忌冗長，長則令觀衆討厭。蕭伯納的戲劇語言，雖然富有機智與風趣，但其冗長仍不可取。在「自救」中，很有幾段冗長的對話，原是可以精簡的，而作者卻忽略了。也有些較短的對話，顯得生硬而不易上口，似乎作者未能仔細推敲而就落筆成詞了。戲劇畢竟是爲舞台表演而寫的，對話應以流暢的口語爲上乘，詰屈聱牙的語言，既不利於上口，又不便於閱讀，決不可用之於戲劇。所以李笠翁在「閒情偶寄」中說：「手則握筆，口卻登場。」這句話是值得劇作家深思熟慮的。

三、「自誤」

「自誤」爲一五幕愛情劇，全劇共有十一個人物：馮誠之，爲一公務員。沈秀娟，誠之的妻子。沈夫人，沈秀娟的母親。鄒翊生，馮家的鄰人。張素貞，翊生的妻子。鄭志遠，誠之的朋友。高謙，律師。看護。蘭芬，鄒翊生家的婢子。老陳，馮家的僕人。劇情梗概如後：

馮誠之因公出差漢口，其妻沈秀娟則至上海養病於普愛醫院。鄰人鄒翊生因久慕秀娟之美，亦趨至上海，並以刀自戕而就醫於同一醫院中，俾得接近秀娟表達傾慕之情。秀娟原無大病，每日以讀「金瓶梅」自娛。某夕，翊生潛至秀娟病室，傾吐久已愛慕之情，秀娟初雖婉言拒絕，惟翊生以激情挑之，終於墮入慾海之中。未幾，二人相攜出院。繼則遨遊青島，宛如蜜月旅行。誠之得上海友人書，以秀娟出院相告。旋獲秀娟之函，謂仍繼續療養，一時不能出院。誠之心有所疑，遂急電普愛醫院查詢，覆電則以出院日期相告。誠之立即請假奔滬，除親至醫院探詢出院情形，並遍訪滬上親友，均不知其去處。無已，乃遄返南京家中，將秀娟失蹤一事告知沈夫人，夫人驚聞失色，然亦無可奈何！一日，秀娟翩然歸來，誠之盤問出院後之詳情，秀娟以謊言應對，誠之乃一一為之揭穿，沈夫人亦以惡言斥責之。秀娟老羞成怒，頓以實情相告，並願即與誠之離婚而與鄒翊生再結鴛盟。誠之雖欲委曲求全，不究既往，詎料秀娟堅拒之，遂告仳離。秀娟既如願以償，乃隨翊生北上定居故都。一日，翊生外出，婢女以張素貞前來尋夫告知秀娟，秀娟驚聞之下，情急智生，乃佯為翊生之友，迎素貞入室，虛與委蛇。少頃，翊生返家，及見素貞，勃然大怒，視之為瘋婦，急急逐之。素貞亦口出惡言，斥其不認前妻之過。翊生益怒，以拳擊之，二人相撲，素貞不能敵；傾倒於地，翊生復以足蹈之。秀娟見狀，急取桌中手槍，瞄向翊生，喝令制止，並逐之門外。翊生走後，秀娟同情素貞，婉言安慰之。旋即束裝告別，匆匆離去矣。誠之自婚變以來，意志消沉，了無生趣，親友知之，無不為之惋惜！一日，好友鄭志遠來訪，僕人告以主人拒絕見客，志遠決不理會，乃奪門而入。既經相見，志遠百般勸慰，並願助其完成考察西北之宿志。忽秀娟自外闖入，誠之與志遠均感驚異。秀娟佯稱前往上海，因易車之便，有此最後一面之緣。志遠厭之，立起告辭，誠之送出門外，秀娟急取藥片就酒服之。誠之返室，問及別後情形，秀娟漠然應之。少頃，秀娟一再追述與誠之過去戀情，並要求誠之伴舞，誠之拒之。無已，復取酒與誠之共飲，高歌「教我如何不想他」，歌畢，求誠之最後一吻，誠之吻之。秀娟忽現痛苦之狀，以手捧胸，誠之心知有異，乃扶伊臥於沙發之上，並囑僕人速請醫師前來救治。無奈藥力大作，秀娟痛苦萬狀，遂輕喚誠之之名而溘然長逝。

道藩先生這部「自誤」，可能是因為先寫了一本「自救」，聯想到與此相反的題目「自誤」，於是就構想人物與故事，進而寫成了這樣的一個劇本。在「自救」一劇中，以主要人物曾麗英爲自救者的模範，希望人人學她，以求自救。在「自誤」一劇中，則以沈秀娟爲主要人物，是自誤者的代表，警戒人人不要學她，以免自誤。如此看來，此一劇本的主旨，似乎在警世勸善。至於在第五幕中，鄭志遠勸勉誠之的救國救民那些大道理，在如此一般的亂愛劇中是不會發生作用的。因此，我們不能敏感地誤認這是畫龍點睛法之主題所在。

「自誤」中的人物，最主要者爲沈秀娟。鄒翊生與馮誠之則爲次要人物，前者油腔滑調，後者缺乏男子氣概，二者都從略不論。其他都是陪襯人物。作者對於沈秀娟這個主要人物的刻劃，自第一幕到第四幕，可以說是統一的，到了最後一幕，似乎變成了雙重性格，以致前後性格迥然不同。在第一幕中，作者寫她晚上十點鐘，躺在病床上看小說自娛，給看護看見了，問她看甚麼書，她脫口答道：「我看很有趣，很美麗，百讀不厭的書。」看護過去看書，驚道：「啊！金瓶梅！你害著病爲甚麼要看這種書呀！晚上看得興奮囉，自然睡不著覺，還能怪安眠藥沒有用嗎？」當然，看「金瓶梅」，也沒有甚麼不對，只是在那個時代，由沈秀娟口中說出「百讀不厭」的話，似乎可以推斷此女將步潘金蓮的後塵。果然，不到五分鐘，看護走後，繼續登場的，就是西門大官人的傳人鄒翊生。

在戲劇中，語言與行爲最能刻劃人物的性格。因此，作者安排沈秀娟的看「金瓶梅」，教她講出「百讀不厭」的話，就是要刻劃出她是怎樣的一個人。因此，不論是以語言指導行爲，或以行爲反證語言，沈秀娟的如此語言與行爲，一直延展到第四幕。在最後的第五幕中，沈秀娟的性格由單一的而變爲雙重的，這可能是因她在第四幕中受到的意外刺激而改變的。所謂雙重性格，即一方面仍保持著原有的性格，一方面改變爲烈女型的人物，居然對誠之苦口婆心的諄諄告誡了。在戲劇人物的創造中，有不變的人物，也有可變的人物。不變的人物，比較容易處理，可變的人物，須具備可變的充分理由，而且變後的人物也應具有人所認知的價值。沈秀娟這個人物，具有可變的理由，但卻沒有認知的價值。其理由容在下段論結構中再合併說明。

「自誤」的劇情結構，仍採用傳統寫實劇的模式，由劇情開始，而上升，而高潮，而下降，終而結束。在劇情結構中，最難處理的是高潮與結尾。「自誤」中的高潮，不是自劇情主線由小而大逐漸形成的，並且也沒有可以預見的伏線，而是橫生枝節，突如其來的事件所造成的。這就是在第四幕中，翊生之元配張素貞的闖入，所造成的一場風波，而使劇情掀起了高潮。過此以後，劇情則急轉直下。就編劇常理來說，這種高潮的製造法是不常見的，這彷彿是半路上殺出一個程咬金來，是偶然的，而不是必然的。戲劇中所寫的人與事，應該是必然性重於偶然性。張素貞並非不可以出現，而是事先應該有伏筆預爲鋪路。關於這一層，可能是作者的一時疏忽。

至於第五幕的結局處理，我認爲在全劇中是最值得商榷的。沈秀娟因在第四幕中發現翊生已有元配在先，又目睹翊生不認前妻而痛毆之，不禁爲之心寒，遂憤然懷著悔恨交加的激情走出翊生的家門。此後何去何從？這是處理結局首先應該考慮的。作者想來想去的結果，終於把她引上回歸路，重返馮家。對於秀娟這個人物，作者是取否定的態度，所以對於她的移情別戀而與誠之離婚是不可原諒的。至於她被翊生所騙而落得無所投奔，乃是自作自受，也不值得同情。因此，作者可能想到「天作孽，猶可逭，自作孽，不可活。」這句話，所以決定了秀娟必死的結局。至於秀娟的所作所爲，是否到了非死不可的地步，我們姑置不談，即以必死來說，天地之大，到處都是可死之鄉，何以非死馮家不可？關於這一點，我想最主要的原因有三：一是作者要秀娟在誠之面前以死明志，表示秀娟至死仍然愛他。二是要透過秀娟之口說出鼓勵誠之力求上進的話，如：「你應該盡你國民一份子的責任，去爲國家做一點有用的事業。」有人說，戲劇是作者向觀衆表達的一句話。可見秀娟對誠之所說的這句話，同樣也是對觀衆說的。換句話說，這句話也可能就是主題意識之所在。然而出於秀娟之口，是不會發生任何效用的。三是爲了造成悲劇的結局。在這三個原因中，又以最後的悲劇結局值得斟酌。照傳統悲劇的說法，悲劇人物必須是值得人們同情的人物，才能產生悲劇的效果。像沈秀娟這種人物，即使在死前說了一句冠冕堂皇的話，也不值得人們同情，因而這個悲劇的結局，就不會產生作者所預期的效果。再者，我在前面已經說過，沈秀娟在最後這一幕中的性格有所改變，前後判若兩人。作者以她的新面貌再介紹於觀衆之前，雖然用心良苦，但效果不彰，因爲沈秀娟這個人物，在觀衆眼中已經沒有認知的價值。雖說「人之將死，其言也善。」但用之於沈秀娟，似乎雖善亦不足取，所以效果不彰。

照我個人膚淺的意見，上天有好生之德，沈秀娟的移情別戀而離婚，只是有虧名節，並未觸犯天條與國法，無論如何，不能置之於死地。本此，我認爲這個悲劇結局是多餘的。自誤的人也可以一變而爲自悟，而痛改前非，而從新做人，不一定要自殺成鬼。我更認爲，如果以第四幕結尾，沈秀娟懷著悔恨的心情走出鄒家的門，作爲全劇的結局，可能還更具效果，至少給觀衆留下思考這一問題的餘地。

四、「最後關頭」

「最後關頭」一劇，是道藩先生所寫的第三部舞台劇本，全劇共五幕。此劇初寫於民國二十四年冬季，脫稿於二十五年秋天，出版於二十六年五月。全劇人物甚多，計有唐紹軒、唐紹堯、唐紹禹、唐建華、唐醒華、唐瑞華、唐衞華、唐安國、唐靖國、唐振華、賀母、賀瑤瓊、賀純武、賀承武、賀述武、賀繼武、應凱南、唐誠之、唐益生、唐哲先、唐麟貞、唐魯城、梅理清、方蘭士，以及壯丁多人。茲介紹劇情梗概如後：

唐紹軒壽誕之日，賀客盈門，並演戲助興。仇家賀母亦前來祝壽，見瑞華端莊貌美，欲順從其子純武之意，遂向紹軒表明求婚一事，紹軒婉言拒之。賀母返家後，復請應凱南爲媒，再度至唐家求之，惟仍未獲允。賀母之子純武，仗有一身武藝，揚言：「求婚不成，則繼以搶婚，」瑤瓊則謂：「搶婚不如騙婚。」未幾，賀家終於騙搶兼施，搶走瑞華，而衞華等亦因而負傷。一波未平，一波又起，賀家復霸佔唐家之大東園，而唐家亦無可奈何，惟有暫忍一時之氣耳。詎料賀家得寸進尺，再度要求多項無理條件，並限期答覆。至此，唐家認爲已忍至最後關頭，毅然拒絕所有條件，準備團結全族起而抵抗。未久，唐賀兩族之戰事爆發，初則衞華、振華，相繼戰死，壯丁傷亡亦衆。後經反攻，賀繼武陣亡，其部從亦皆潰散。時瑞華滿身血泥，右手執大刀，左手提人頭，忽然歸來，笑曰：「此賀純武之頭也。」衆皆驚喜不已。當此時也，唐紹禹火燒賀家村，戰況激烈，不幸陣亡。繼傳賀家放棄抵抗，戰事已告結束。當日，賀母攜幼孫至唐家，紹軒迎之，原來自投羅網之瑤瓊，亦適時出現，急奔其母，相抱痛哭。少頃，賀母忽撲向紹軒，爲衆人所拒。紹軒直言：「戰事因賀家而起，雙方均有死傷，如今戰事已了，既往不究，當前之急務，惟雙方料理善後耳。」瑤瓊自知賀家理曲，乃向紹軒表示歉意，並謝不殺之恩，遂扶其母緩緩歸去。

我在前面已經一再說明「最後關頭」的初寫、脫稿，以及出版的年月，目的即在於强調此劇寫作的時間背景。那時抗戰尚未開始，當時我們的對日政策，仍然是力求和平解決兩國的糾紛，所以最高的指示是：「和平未到絕望時期，決不放棄和平；犧牲未到最後關頭，決不輕言犧牲。」基於此一政策，在那個時候還得委曲求全，不能以文字公開反對日本，尤其是道藩先生身爲政府官員，更不能明目張膽的寫反日戲劇。因此，作者煞費苦心，以唐賀兩個家族之間的衝突，隱喩爲中日兩國之間的糾紛，期能團結民心，激勵士氣，共同爲報仇雪恥而奮鬥。

明目張膽寫劇本容易下筆，以小喩大寫劇本很難處理，好比「啞巴吃黃連，有苦說不出。」可是作者的愛國心切，明知中日之戰勢所難免，故寫此劇喚起國人同仇敵愾的意識，準備迎戰即將來臨的大敵。進一步說，寫這一類的劇本，不僅很難處理，更重要是：費力而不討好。譬如唐賀兩族之爭，很容易被誤解爲過去「械鬥」的重演，即使作者另寫專文爲之解說，也很難爲誤解者所接受。其實，劇本的故事很簡單，只是爲搶親、霸佔土地而引起雙方的衝突，經過一場戰鬥也就平息了。可是對於劇中所寫的人物，部分對話中所說的某些事件與地方，由於「以小喩大」之故，就令人難以索解。當然，像猜謎語似的猛猜，也可能猜對一部分，但絕對不可能完全猜對。我相信，只有作者十分清楚，任何人都沒有辦法可以完全了解的。幸而在劇本正文前有杜壽康所寫之類似「索隱」的序文，爲我們一一解答了隱喩的問題（我猜想這是經過作者的同意或授意）。文長不能全錄，僅擇其重要者，以簡化文字說明於後：

1.唐賀兩家指中日兩國。
2.唐紹軒爲中華民族代表。
3.賀母代表日本首領。
4.賀純武代表日本少壯派軍人，尤指關東軍。
5.應凱南指英吉利。
6.梅理清指美利堅。
7.方蘭士指法蘭西。
8.瑞華被搶，指東北被侵佔。
9.大東園指東北——僞「滿洲國」。
10.大北村指華北——僞政府。

序文共七頁，其中四頁爲「索隱」文字，其所解說者，似乎仍多牽强的地方，依然令人不解。當然，也有一種可能，那就是作者設喻的失當。好在作者在劇中所喻言的人與事，如今都已成爲過去，也無需多傷腦筋猜這些笨謎了。同時，由於「最後關頭」爲一特別强調主題的劇本，其中又多隱喻的人物與事件，難免有些誇張，因而關於劇情結構，人物刻劃，以及語言運用等等，也就無需强作解人爲之一一分析了。

五、「殺敵報國」

「殺敵報國」，是道藩先生於民國二十六年十一月所寫的一個獨幕劇。這年七月七日，犧牲已到最後關頭，全面抗戰開始。這時，作者可以明目張膽的寫劇本了，於是就以農民殺敵爲題材寫了這個劇本。故事發生在河北固安某鄉鎮。全劇人物，計有唐母、唐鎮東、唐鍾氏、小孩、黃銳、日兵七名。劇情梗概如下：

唐家以務農爲業，累世居固安。日軍入侵以來，姦殺掠奪，日有所聞，以致人心惶惶，逃亡者衆。一日，家人聚談，唐母問及日軍情形，其子鎮東將日軍燒殺掠奪暴行一一述之。其妻鍾氏心有所疑，問鎮東曰：「日前黃老三誇言日軍文明，住屋付錢，買物付錢，決不殺害百姓，何以此處日軍如此殘暴？黃老三……」鎮東急止之曰：「黃老三乃一漢奸，喪盡天良，爲日軍引路，助其爲非作歹，殺害自己同胞，眞禽獸之不如也！」語畢，低頭沉思。須臾，立起。對鍾氏曰：「鎮上傳言，今晚仍有日軍過境，爲安全計，汝可扶母攜子至方家村暫避。」鍾氏一時無言，繼曰：「有福共享，有難同當，吾不能棄汝而去。」鎮東即問曰：「汝豈忍不顧老幼乎？」鍾氏默然久之。旋曰：「送之則可，惟抵方家村後，立即折返。」遂入內室取出包袱，扶母攜子向門徐行。忽叩門聲起，鎮東取斧急趨門側問之，聞答聲知爲黃老三，遂拒不開門。少頃，黃銳（老三）引日軍七名破門而入，鎮東一見大怒，舉斧欲殺黃銳，爲日兵開槍射之倒地，鍾氏撫屍痛哭。須臾，日兵制止之，將屍移至門外。鍾氏欲往門外照料夫屍，日兵不允。黃銳笑對鍾氏曰：「識時務者爲俊傑，善待日軍，必得好報，反抗日軍，必死無疑，日兵暫借住一宿，希善待之，日兵多金，必有重賞。」鍾氏心雖不悅，然亦無可奈何，遂向黃銳請求將母子放行。黃銳向日兵請示後，點首允之。祖母與孫出門未久，忽傳槍聲二響，鍾氏驚呼外奔，終爲日兵所阻，掙扎不能脫身。少頃，復經黃銳勸慰，乃欣然與之周旋。當夜，黃銳與日兵狂飲行樂之後，皆渾然入睡。子夜後，鍾氏躡足出自內室，窺探日兵動靜，見皆酣睡，乃取日兵手槍將黃銳等一一射殺之。至是，鍾氏乃狂笑不已。

這是一個獨幕短劇，人物少，情節簡單，比較容易處理。關於人物刻劃，只有鍾氏較爲突出，平時只是一個普通的農村婦女，在危急的時候，能夠沉著應變，而終於報仇雪恥，的確是不讓鬚眉。至於劇中的對話，在日兵破門而入之前，大多談些日軍的種種暴行，而且又一再重複，不免令人有沉悶之感。尤其是對話一多，又無劇情發展，就變成了「說戲」而非「演戲」。舞台劇與書齋劇的最大區別，即書齋劇供人案上閱讀，不大在乎對話的長短；舞台劇則供人場上演出，最忌對話冗長而沒有劇情動作可看。好在「殺敵報國」爲一獨幕短劇，而且自日兵破門而入，就掀起了高潮，而且又殿以既激烈又大快人心的結局，依然可以使觀衆感到稱心滿意的。

六、「留學生之戀」

「留學生之戀」，是道藩先生在民國五十七年一月底，以兩天時間所寫成的一部劇本。沒想到這年六月十二日，道藩先生竟與世長辭了，而這部舞台劇就成了他最後的遺著。

「留學生之戀」，全劇計分四幕八景：第一幕二景，第二幕三景，第三幕三景，第四幕則未分景。

「留學生之戀」，與其他劇本大不相同，其他劇本多爲虛構情節，「留學生之戀」寫的是眞實故事，而且是道藩先生本人的愛情故事。民國十三年九月，道藩先生由英國轉到法國，繼續攻讀美術。同時，在「讀書不忘戀愛，戀愛不忘讀書」的原則上，終於扮演了這齣「留學生之戀」的喜劇。茲將劇情大意介紹於後：

一九二四年（民國十三年）耶誕之夜，留法學生張衞之、黃序夏、李宗堪等至奇妙城舞廳跳舞，分約郭、陳、王三小姐伴舞，衞之初見伴舞之郭小姐，心竊愛之，舞畢，向陪郭女之老婦致謝，問及姓名住址，並約定下次共舞之期。自此以後，張郭過從甚密，同學多知之。一日，蔣雪芬親訪衞之，告以韋完璧因衞之與法女相戀而失望，終日煩憂，已無心讀書。衞之聞之，至爲驚訝，普通朋友，何至於如此多情。未幾，胡大姐以韋完璧終日流淚，臥病不起，告知衞之。衞之聞之，心中亦感不安。胡大姐囑衞之前往探病，且告以愛伊之意。衞之表示：「探病可，示以愛意則不可，願以親妹之情待之。」胡大姐問曰：「既有親妹之情，豈能不關心其婚姻耶？」衞之答曰：「鄒桂生久愛慕之，願助其成，並請胡姐以此意轉告之。」其後，衞之訪韋完璧。談及愛情，兩人意見絕不相容，一方願嫁，一方決不娶。詎料完璧一時感情衝動，投入衞之懷中，要求一吻，衞之初雖拒絕，然無奈完璧一再糾纏，終於勉强吻之。一年後之某日，衞之與郭素珊相見，再度談及婚事。素珊表示，其父尚持反對意見，如婚後久居巴黎，或可獲其同意。衞之一時默然無語，素珊安慰之，曰：「吾父愛吾至深，俟以時日，終必允之。」衞之聞之欣慰。少頃，素珊以衞之另與中國女友相戀一事相問。衞之答以並無其事，仍略爲解釋之，素珊亦決不深究。月餘，杜壽康來訪，衞之以素珊函示之。壽康閱畢，得悉素珊之父仍無允婚之意，乃自願走訪其父，了解實情，並曉以中國之眞相，或有助婚姻之成功。翌日，杜壽康過訪郭府，素珊父待之以禮，因壽康精通法語，二人相談，至感愉快。素珊之父問及中國情況，壽康乃侃侃而談，誇言上海法租界有巴黎四分之一大，居住僑民達五六萬人之多，所有建築、街道、公園，以及生活方式等，全然與法國無異；洵爲第二巴黎也。素珊父聞之，心中疑慮盡釋，似有心嚮往之之意。欣然笑曰：「如有機緣，我將至中國一遊。」壽康立即笑曰：「汝之小姐即爲機緣，如肯許配中國人，即可至中國巴黎一遊。」素珊父告以目前有一中國青年向其次女求婚，尚未允之。至此，壽康乃表明來訪爲媒之意。二人續談甚久，素珊父乃起而向內室喚其妻及兩女與壽康相見，並說明壽康來此爲衞之求婚而已決定允之之意，於是取酒舉杯慶祝之。結婚宴後，以舞會慶祝。時胡大姐與韋完璧忽降臨。新郎新娘不免爲之一驚，賓客亦恐有意外之事發生。須臾，完璧忽至新郎新娘面前，請新郎共舞，衞之惟恐出事，不得已而允之。其後復一再敬酒不已，幾使新娘不能忍受，衞之亦無可奈何。繼則由新郎報告戀愛經過，新娘高歌一曲，素珊之父致訓詞，婚宴於鼓掌聲中結束。

劇中人物中的張衞之，即道藩先生，字衞之。郭素珊，即張夫人郭淑媛的化名。其他人物，或易名，或改姓，都是實有其人，這裡也無須再作索隱。這部劇本，是道藩先生在法留學時的戀愛故事，儘管最後一幕的結婚宴，與民國十七年在上海滄州飯店的結婚宴未盡相同，但並不關重。由於這個本寫的是眞人眞事，所以關於人物刻劃與劇情結構，這裡就無須贅言了。至於此一劇本中的對話，可以稱得上是第一流的，不但是道藩先生前此的劇本中所沒有的，就是三十年代以來多數的劇本中，也很少如此簡鍊流暢的對話。再者，前面已經談過，道藩先生的劇本對話，往往失之冗長，在這部劇本中卻沒有這種情形。因此，我說這是第一流的，是值得有志於編劇者學習的。

七、結語

關於道藩先生的戲劇作品，雖然過去都陸續讀過，只是年代一久，加上記憶力減退，幾乎大多印象模糊了。這次，爲趕寫此文，又分別重讀一遍，但仍是走馬看花，不能仔細看的清楚，弄的明白。因此，在寫作進行中，往往有力不從心之感。文中所寫的劇情梗概，爲了縮短文字，以半文半白體（？）出之，終不能惬意。尤其涉及評論的部分，品評高低，說好道壞，也難免有迂腐之見與偏頗之論，這是我深以爲慮的。

道藩先生所改編的「狄四娘」，是根據雨果所寫劇本改爲中國故事，是一部愛情悲劇，情節曲折，頗能感人。所譯「忘記了的因素」一劇，爲美人 Allan Thornhill 所作，寫勞資糾紛的問題，極具時代意義，此時此地，仍具演出的價值。此外，道藩先生也寫過兩部電影劇本，一爲「密電碼」、一爲「再相逢」。這兩部影片，都是眞實故事，當年在各地放映，極受歡迎，頗獲好評。電影與戲劇爲姐妹藝術，故在文末特爲之介紹數語，裨了解作者多方面的才華與貢獻。

（本文作者現任國立藝專教授）

綜合討論

■編輯部

時　間：八十年二月廿一日上午九時

地　點：台北市復興南路「文苑」

主　席：王聿均（中研院近史所研究員）

論文撰述：秦賢次（文學史料專家）

李瑞騰（淡江大學副教授）

鄧綏甯（國立藝專教授）

特約討論：王熙元（師大文學院院長）

徐　瑜（政戰學校教授）

周玉山（政大國關中心副研究員）

列　席：中國文藝協會

主席致詞

王聿均：

張道藩先生不僅是文藝的倡導者、推動者，同時也是深具使命感的文藝創作者，稱之爲「文藝鬥士」，實可當之無愧。他兼具藝術家的氣質和學人的修養，率性自然，熱情奔放，尤見性情之眞其風範與貢獻，僅就我個人的認識，舉出以下三點：

第一，他畢生從事藝術與政治兩種工作，均全力以赴，他置身於藝術、政治兩種不同境界而能夠獲得均衡發展。兩者之間，自然有著矛盾、衝突，但他以其眞性情將之化解於無形，並更增進其創造的力量。

第二，他對文藝的貢獻是多方面的；他的才情也是多方面發展和放射。在創作方面，他的興趣涵蓋了美術（主要是繪畫）、戲劇創作、文學和藝術理論、電影、音樂等不同的範疇；在文藝運動方面，尤其在抗戰時期和政府遷台初期的貢獻最大，譬如培植文藝人才、訓練音樂師資、創辦文藝刊物、獎助優良創作、籌募文藝基金、組織文藝團體、協助貧病作家等。在桂柳撤退時，對作家協助救濟，不遺餘力。不問屬何黨派，他都一視同仁。這些舉措，對於中國近代的文藝發展實有深遠的影響。他長期的領導文藝運動，使他無法全力投注於文學的創作，但他依然留下了可觀的作品。

第三，他所提倡的文藝，內容上主要的特點有二：一爲發揚民族思想；一爲發揚自由精神。在大陸時期，就與左派作家的思想有著偌大的距離，領導文藝運動時亦以民族思想、自由精神爲號召，終於與左派作家分道揚鑣。政府遷台初期，他仍一本初衷，領導在台作家，凝聚力量，建立共識，文藝的戰鬥性遂被大家肯定，其主要內涵依然是民族思想與自由精神。這在中國近代文學發展史上，五〇年代時期，的確有其時代的意義和歷史的意義。我們不能以今日的觀點去否定其價值，或加以曲解。

論文發表（略）

特約討論

王熙元：

面對這樣一位對國家民族有卓越貢獻的歷史人物，對於文藝創作、文藝事業，與文藝發展有深遠影響的文藝界先進，我們藉此座談會紀念他，具有很大的意義。在此我想針對秦賢次先生一文，提出我的一點讀後意見。這篇資料豐富的論文約有一萬六千餘字，敍述詳盡。內容分兩大部分，一是描述其一生行事，在黨、政、文藝方面的經歷；二是寫其貢獻。這兩部分的篇幅相當，而且繫年清楚，令讀者印象深刻。

其次，秦先生文中有多處對道藩先生的評語，譬如說他「處事縝密、深思熟慮」；在擔任立法院院長時，則是「盡心盡力，任勞任怨，充分發揮議長的功能，也表現了他巨細不遺的行政幹才。此外，他大公無私的清操雅範，和廉潔刻苦的一貫作風，更贏得全院同仁一致的讚揚。」這些評語都是很中肯的。

至於道藩先生的貢獻，秦先生指出「最擅長的是美術，最喜愛的是戲劇，而影響國人最大的是他的文藝觀」，由這三點來申述，可謂提綱挈領。可惜其中涉及文藝觀的部分只有幾段話，其中有些和前述生平部分有重複之處，若能避免會更好。

最後，我在閱讀秦賢次、鄧綏甯二位先生的論文時，有一些疑問，想提出來就教於各位。第一，鄧先生文中在敍述劇本「留學生之戀」時，提到「劇中人物中的張衞之，即道藩先生的化名」，而秦先生則認爲衞之是「字」，究竟是字還是化名呢？（經王藍先生說明，確定是「字」）第二，張道藩的法國籍妻子，其中文姓名應爲郭淑媛，但秦文中有時卻寫成「瑗」，應是筆誤。秦先生文中提到道藩先生的主要戲劇作品「第一次的雲霧」，是先在「文藝月刊」上發表，後來又說是登載於好友邵洵美主持的上海「金屋月刊」上，前後說法不同，必須確定；還有，秦文中前面提到劇作「自誤」，後來發行單行本，但到後頭又說「該劇未曾出過單行本」，前後說法矛盾，亦須統一。

另外，道藩先生一生所曾寫過的劇本，鄧先生歸納爲八部，秦先生則說是「創作五部話劇，二部電影劇；翻譯二部戲劇，改寫二部戲劇」，加起來應爲十一部。其中「第一次的雲霧」，原是翻譯，後來又改寫，遂重複計算，若予以删除，則爲十部，與鄧先生文末所言，加上二部電影劇本則共十部的說法相符合。秦先生在文中不妨加以說明，將使讀者更易了解。

徐瑜：

這三篇論文都很下了一番功夫，也搜集了很多資料，我深表敬佩。「秦文」與「李文」都不約而同地提到了張道藩與文藝運動的關係，瑞騰兄還提出了一個看法，想探討文藝創作者與文藝工作者間的矛盾，我也相信道藩先生一定存在有這方面的矛盾、衝突。我認爲，在近代，特別是民國以後，能同時扮演政治與文藝兩種不同角色，而且扮演成功的例子實在不多。正因爲道藩先生在政治上的地位，才能促使他對文藝活動，尤其是文藝組織的影響層面的擴大，從二十一年到二十七年，不論在戲劇、電影、美術、音樂及全國性藝文社團部分，他都是重要的發起人或推動者。

據我所知，「文藝政策」一詞是始自道藩先生在三十一年九月發表的「我們所需要的文藝政策」，在此之前，此一名詞似未出現過。而且，這一年的五月，延安文藝座談會剛舉辦，道藩先生一文，實有與之回應的意味。

那篇文藝政策中，提到四個基本的原則：

一、文藝應以全民爲對象

二、以事實解決問題的方法

三、以仁愛爲民生的重心

四、以國家民族至上

至於「六不」與「五要」，瑞騰兄在以前有關「抗戰文學」的座談會中已有提及，在此不再贅述。我很同意瑞騰兄文中所言，道藩先生將其實際工作中的經驗，特別是「文化運動委員會」的許多成功經驗，帶到台灣，尤其在民國四十至五十年間，他結合了文藝界，凝聚力量，產生對文藝發展方向的引導作用，這可說是他來台後的最大貢獻。

另外，從五四運動以來，我們可以發現，文藝思潮與政治是分不開的，每一種文藝思潮都帶有政治目的或意識，這種發展是很特殊的。不論是左派、右派，或是普羅文學、三民主義的文學等都是。如果想在近代文藝運動中將文學與政治一刀兩斷，恐怕很難辦到，尤其是左翼作家，大部分都有其政治上的立場。瑞騰兄在論文中也一直想把張道藩這種衝突予以釐清，不過我倒認爲，正因爲他先在政治上成爲一有影響力的人物，才能在從事文藝活動時眞正深入，再因爲他本身是文藝創作者，才瞭解文藝發展的眞正道路。

周玉山：

近日來，透過資料的閱讀，我已被道藩先生璀璨的一生所吸引，也被三篇精密的論文所感動。三位都提到他的政治事業與文學事業，自古以來，政治人兼文藝家而成功者，不可多得，例如近代的毛澤東、汪精衞，便是不能兼備的證明，而道藩先生則是少數的例外。除了因爲他不是最高領袖，不必處於風暴中心外，可能與其政治欲望較低、藝術家氣質較濃有關。

文藝是有情者的事業，政治是無情者的事業，因此其衝突性勢所難免。道藩先生的政治欲望較低，凸顯了他有情有義的一面。他所倡導的文藝政策，在當時受到若干先生的批評，而且這些聲音，有的來自非共陣營，例如梁實秋、胡秋原等先生。梁先生因與魯迅的交戰，不贊成俄共與中共的文藝政策，連帶也不贊成張道藩先生的文藝政策，其實，這二者是名同而實異的。道藩先生的文藝政策，對作家只有鼓勵，沒有責罰，更沒有運用權勢來陷害作家，甚至連左翼作家也受到他的照顧、栽培。

鄧先生提到，道藩先生不必爲大陸的棄守負責，我深然其言。三、四十年代，文藝界江山的泰半喪失，主因不是文藝界領袖的失職，而是在於政治的不良。文藝反映政治，先有政治的不良，才有文藝家的反映，而其反映之所以能引起廣大共鳴，乃因有問題存在，否則，不管文藝家如何妙筆生花，也不會引起廣大讀者的共鳴。當然，當時的政治不良，也是導因於內憂外患的衝擊所致。

總之，文學、藝術在先天上就是不利於執政者的，一九四九年以前如此，以後尤其如此。毛澤東曾說，利用小說來反黨，這倒是一大發明。他說，革命如此，反革命也是如此。這句話倒是說中了他的痛處，因爲共產黨在一九四九年以後的執政失敗，遠勝於一九四九年以前的國民黨。也因此，我們已到了必須重估三、四十年代，乃至於五十年代「反共文學」的時候。

近年來，由於國民黨在政治上比較修明，對文藝作家的照顧相對地也比較增加，可惜道藩先生逝世多年，我們仍未出版其全集，共產黨雖然迫害作家，但近年來，一些比較重要的作家，其文集都已陸續推出。我誠懇期盼，至遲在一九九七年，即道藩先生百年誕辰之際，能看到全集出版。

綜合討論

孫如陵：

剛才聽到各位先生對道藩先生的豐功偉績，多所稱道，事實上，他的確是值得如此稱道的人物。我是他的學生，而且親自受了他三年敎誨，他對我有很大的影響，在此，我想向諸位報告一二。

抗戰時期，我在中央政治學校大學部唸新聞系，道藩先生後來擔任教務主任，不久又兼訓導主任，最後出任教育長。他在政校三年，我恰就聆聽了他三年的訓話。他不僅文筆好，口才也好，我三年中不曾聽到他講過重複的話，而且每次都很有內容。這是他給我的第一個影響，因此，我暗中要求自己，昨天說過的話，今天絕不再講，每次講話都要求自己要有新的內容和心得才行。

第二，畢業前，他特別召集了畢業班同學講話，我記得他說，對人處世要「打好字旗」，對人人都要好。他舉了一個實例說明，有一次空襲，他到防空洞去躲警報，由於空氣不佳，而且身體不好，竟暈倒在防空洞內，等到淸醒過來，發現自己已在防空洞外，旁邊有個年輕人守著他，他很奇怪自己是怎麼出來的？年輕人告訴他，因爲他在教育部次長任內，年輕人是工友，道藩先生曾幫助過他，所以看到道藩先生暈倒，就揹他出來。

道藩先生的家鄉是貴州盤縣，那裡沒有河，沒見過船，只看見畫上的船，而人在船中竟然能在水面前進，覺得好奇怪，百思不解，後來他出國，到了河內，第一件事就是到海邊去看船，才恍然大悟。

以上的小掌故，都是他親口對我們說的，他是我的良師，也是鄉長，其作風深深影響了我。

胡一貫：

從前教育部要設「文藝獎」，是道藩先生主張成立的，但有人反對，認爲應設「文化獎」，因爲文藝復興的最終目標是要復興文化，但道藩先生則認爲文藝復興是基礎，兩人爭論許久，最後決定不用「文藝獎」，也不用「文化獎」，而是改爲「三民主義優良著作獎」，這個獎是從道藩先生開始的。事實上，文化與文藝是二而一的。剛才聽各位談了很多文藝政策，可是似乎很少提到文化政策，其實文化政策也是他首創的，在徵求政府認可後，他召集許多人，廣徵意見，制定了文化政策，最後送戴季陶先生裁決。這文化政策是以五大建設爲宗旨，如政治建設、心理建設等，而不是只談文藝。他的文化綱領通過後，爲了宣揚，必須找人翻譯爲外文，最後找了吳魯芹先生翻譯。

今天很高興來參加，但也有很深的感慨，剛才聽到有人說，這四十年來某些文藝不好，某些政治不好，其實，我們每個人都有責任。有許多人批評道藩先生的文藝政策如何如何，而我們今天能在此開會研究、紀念他，我個人深表感動，也衷心感謝主辦的單位。

牟少玉：

我很高興來參加今天的研討會，因爲我是唯一從立法院來的，而且從民國三十七年到五十七年道藩先生逝世爲止，二十年的時間我都在立法院。同時自民國四十九年至五十七年，我是他最後一任的機要秘書，追隨他二十年，擔任其秘書也有八年，所以我對他有較深入的認識。方才大家提到「政治與文藝衝突」一事，我認爲道藩先生是文藝作家從政的典範人物，他擅長繪畫，寫劇本，多才多藝，從政完全是機緣使然。據我的觀察，他的確能協調二者。

他的爲人行事，我可以歸結爲兩點：第一，在從政方面，他忠黨愛國，在立法院內，則始終堅持民主政治，譬如民國四十八年時，院內審查總預算，其中有一筆關於台電的預算，先總統　蔣公非常重視，結果那筆預算被大力刪除，蔣公很不高興，遂找院長道藩先生去問，當時蔣公是極具威嚴的，而且經常堅持己見，他質問道藩先生說：「那筆預算怎麼會被刪掉呢？那些立委都是我從大陸帶來的，怎麼如此不聽話？」面對這項質問，一般人是不敢頂嘴答話的，但道藩先生卻回答說：「報告總裁，這是多數委員舉手表決通過刪除的，這就是民主政治，總裁一向主張民主，爲何說刪除不對呢？」蔣公聽了不僅不生氣，反而竟意外地接受，由這件事即知道藩先生對民主意念的堅持。

第二點，他熱愛文藝工作。只要是文藝活動，他都樂意參加，畫展、表演，他都去看，並且熱情地與文藝工作者合照留念。他經常對我說，心理的壓力在政治上，只有跟文藝界朋友在一起時，最愉快，而且毫無壓力。他之所以在公務之餘，熱心推動文藝工作，正是因爲他熱愛文藝之故。

由於他純眞的個性與自由的思想，使他將政治與文藝協調得很好，化衝突於無形。

翟君石（鍾雷）：

關於道藩先生對文藝的貢獻，我有幾點感想。首先，我覺得雖然他在文藝與政治上有矛盾、衝突、無奈之處，但他卻是第一個在文藝工作上，以內行領導內行的人。第二，古人雖言「不在其位，不謀其政」，但他卻不論在位與否，一樣熱心推動、參與，而成就了他的文藝事業。

第三，來台初期，他領導文藝工作，不論對文藝運動的開展、文藝人才的培養，都卓具貢獻，像我們這一輩的人感念尤深，例如成立「文藝獎金委員會」，對創作者，文藝刊物、社團的鼓勵就很大，不論稿費、獎金，都是有實際作用的措施。像今天在座的王聿均、王藍、尹雪曼、郭嗣汾、上官予、應未遲、段彩華與我等人，都是深受其惠的人。我在中廣公司任職時，他是董事長，依然不忘提倡文藝，經常跟我們談的還是文藝。

或許有人認爲五〇年代提倡的「戰鬥文藝」已經過去，「反共文藝」也已過時，但其影響、歷史地位，卻是不容抹殺的。即使今日兩岸已在進行所謂「交流」，但「憂患意識」還是不能拋開。

王志健（上官予）：

我想談一談對道藩先生一些粗淺的認識。的確，他的氣質、風範至今仍爲人深深懷念。我覺得他是一個想把文藝與文化結合的人，歷史會告訴我們，沒有五〇年代的戰鬥、反共文藝，就沒有今天的文藝；他的精神，可喻爲山與海的結合，所謂海納百川，有容乃大，他眞的能做到，例如他對左翼作家田漢、茅盾等人的資助即是一證，壁立千仞，無欲則剛，他的確當之無愧；他也具有愛與美結合的精神，愛眞、愛善、愛美，愛人民，肯犧牲；此外，他一生秉持宗教家的精神，爲國家做事，奉獻而不計回報，更追求自由民主的精神，奉行不渝，實在值得尊敬。

袁睽九（應未遲）：

我與道藩先生認識相當久，大概是民國三十五年，對日抗戰勝利之後他以海外部長的身份，返回貴州原籍省親的時候吧！但是關於道藩先生的事蹟，給我印象最深的還是大陸撤退前夕，中國國民黨中央委員在南京舉行常會，商討與共黨談和的問題，當時同爲中委的谷正綱先生說了兩句話：「寧爲史可法，不作洪承疇。」道藩先生聽了，當場痛哭流涕。這個故事可能在座的諸位也都聽到過，我覺得這就是他的風範所在。

郭嗣汾：

我覺得道藩先生獎掖後進的長者風範，是他最被晚輩崇敬的地方。剛才許多人提到他在文藝、政治間的衝突與調和，事實上，他是一位性情中人，在這兩難間也的確有無可奈何之處，他每次出來做事，都是由於長官的愛護、推薦，沒有一個職務是他自己去爭取的。他不希望做官，譬如創辦「中國文藝協會」，在開會時他說：不願意擔任理事長，因爲這是爲文藝界服務的工作，而不是要領導文藝界。所以「文協」自成立至今，都是以值年常務理事的名義在處理會務，而一直沒有設理事長的職位，就是從道藩先生開始的。

除了文學、戲劇、繪畫之外，我認爲他最大的成就是在文藝政策，不是管制，更不是迫害，完全以鼓勵寫作爲出發點。他提出的「六不」、「五要」，如不專寫社會黑暗、不挑撥階級仇恨，不帶悲觀的色彩，以及要創造我們的民族文藝、要爲最受痛苦的平民而寫作、要以民族的立場來寫作等，這些原則不僅抗戰時需要，即使在今日也是需要的。他提拔新進作家，改善了很多作家生活，以及形成戰鬥、反共文藝的主流，至今仍有其不滅的影響。

尹雪曼：

我覺得最有資格談道藩先生的是已過世的李辰冬先生，還有在座的胡一貫先生，以及趙友培先生，我實在是沒什麼資格來談他。民國三十年，我自國立西北聯合大學畢業，到重慶工作，認識了李辰冬、王藍二人，李先生引我去見道藩先生，他很和藹，對我勉勵有加，所以後來「文藝先鋒」第一期上有我一篇短文刊登，這可證明我所言不假。

說道藩先生是「游走在無情的世界與有情的世界之間」，也就是政治與文藝之間，並說這兩者存在有先天上的矛盾，像剛才周玉山先生提到近代的毛澤東與汪精衞二人。我則想到了歷史上的曹操與曹丕父子，他倆爲什麼在政治上與文學上，都有很了不起的成就；我認爲原因就在於他們能「統一」有情世界與無情世界；把二者統一在人性（仁與愛）上。而道藩先生，在這一點上，也有他相當的成就。或說他曾在這一點上有所致力。譬如，在「我們所需要的文藝政策」中，他就强調「人性的」光輝。而政治上的「仁」與文學上的「仁」不僅不矛盾，而且是一致的。

王藍：

一本書或一部戲劇可以改變世界，改變國家，更可以改變一個人。道藩先生曾寫過一部電影劇本「密電碼」，我十六歲時，抗戰剛開始的那一年，在天津法租界「光明社」電影院看了那部戲，當時即留下印象──那部電影的編劇是張道藩先生。看完之後，我絕不誇張地說，我覺得自己開始有了新的思想、新的信仰，甚至新的生命，因而決心投入抗日愛國工作的行列，我知道那部電影絕不會只影響我一人，眞是對當時的青年人有很大的啓發與激勵。後來我參加三民主義青年團河北支團，投身敵後抗日工作，也發動「大孩子們」到南方升學或投考軍校，再後來，我自己去太行山當兵。那些與我並肩戰鬥的夥伴與奔向南方讀書的同志們，其中多人曾看過道藩先生的「密電碼」。

道藩先生對文藝人才極爲愛護、禮遇。例如，對王夢鷗先生、王平陵先生、林語堂先生、蘇雪林先生、謝冰瑩先生、梁實秋先生、陳紀瀅先生、曾虛白先生、胡一貫先生、馬星野先生、高明先生、任卓宣先生、李曼瑰先生、羅學濂先生、徐仲年先生、李辰冬先生、吳魯芹先生、趙友培先生、鍾憲民先生、鄧綏甯先生、唐紹華先生……道藩先生都以眞情表達敬重。對年輕一代的作家、藝術家，像余光中先生、席德進先生，道藩先生想請他們兩位擔任評審工作，都是親自到他們府上當面懇邀。今天在座的段彩華先生、鍾雷先生、郭嗣汾先生，與更多未在座的當代名作家王鼎鈞先生、潘琦君女士、潘壘先生……都在「文獎會」時代，受到道藩先生鼓舞厚愛。

道藩先生不但寫劇本，而且親自登台演出過「全民總動員」，這是剛才沒提到的。他對著作權也很重視，早於民國三十三年十月五日，他領導發起在重慶的廣播大廈成立「著作人協會」，呼籲大家保護著作權。來台初期，盜印集團十分猖獗，道藩先生與胡適先生諸前輩大聲疾呼，指出著作權被侵害的嚴重性，導致內政部與有關部門著手修訂「著作權法」。

談到道藩先生的清廉，容我舉一例子。當他要到澳洲去接張夫人、女公子回國時，身邊沒錢，只得把房子抵押給銀行，才籌借到機票旅費。晚年，他篤信基督，成爲虔敬的信徒。

當年在大陸，蔡元培是第一位國際筆會中華民國筆會會長，來台後第一任會長是道藩先生，這也是影響很大的一件工作。

（張堂錡記錄整理）

張知本：憲政先驅

張知本一生極力主張民主憲政，是五權憲法的推崇者及推行者，他崇法務法、尊重威權，具有革命家的風範。

張懷九先生的行事與風範

■錢江潮

首義前後
北伐前後
抗戰前後
遷居台灣

記得民國四十三年丁惟汾先生逝世時，劉博崑教授曾在中央日報撰文悼念，感喟不祇是傷痛一位元老的消逝，更是傷痛元老帶走了他們所代表的那一代高尚的人格和卓越的風範。張懷九先生也正是具有這種高尚人格和卓越風範的武昌首義元老。

張懷九先生的事蹟，大致可分為四個時期：第一個時期是首義前後；第二個時期是北伐前後；第三個時期是抗戰前後；第四個時期是遷居台灣。

首義前後

懷九先生出生於民國前三十一年正月二十二日，性剛直而仁厚，一如其尊翁闇齋先生，故嘗自謂：「我生性格，猶身體髮膚受之父母也。」

武昌首義前十七年，懷九先生時年十五，原被保送投考張之洞創辦的武昌學堂，因體弱為人勸阻，於是投考同為張之洞創辦的兩湖書院，得與黃興等人同學。在校因受同學新思潮的激盪，良師的啓發，和張之洞尊師重道、實事求是的精神和行事影響，遂塑造了一個為民主，為法治，為教育終身奮鬥不懈的典型。

懷九先生二十歲畢業兩湖書院後，以官費留學日本，初進宏文書院習日文。一年後轉入法政大學，竟違拂了張之洞令習師範之意。張之洞認為我國法政已臻完善之境；或以為廢科舉後，亟應培養新師資，引進新的教育制度。然而法政大學堅强的教授陣容，卻奠定了懷九先生日後影響中國政法的深厚法學根柢。

二十五歲在日本加入同盟會，是年學成歸國，任教武昌官立法政學堂、私立法政學堂及法官養成所，致力於法學教育。迄五年後，參加秘密工作，任同盟會湖北支部評議長。時值辛亥，八月武昌首義發生後，即被推爲軍政府司法部長。

此時有三件事特別值得舉出：

第一、當革命軍進攻漢口，與清軍戰事激烈，形勢尚不穩定之時，民政部長湯化龍謂：「武漢處四戰之地，外而與湘贛豫三省爲鄰，鄰省清軍，朝發夕至；內而城鄉交易一旦斷絕，米薪難以爲繼，將來必失敗無疑。」懷九先生則認爲即使鄰省清軍來此，亦必反正。革命乃非常事業，不能以常態度之。談論至深夜，果獲湘省電告響應革命，宣佈獨立。

第二、清廷起用袁世凱後，遣馮國璋率生力軍奪回漢口。革命軍時奉黃興爲總司令，經慘烈戰爭後，漢陽不守，退回武昌。黃興乃率部份革命軍增援進攻南京。武昌人心惶惶，都督府中隔江砲彈燃燒，黎元洪都督避走洪山，府中僅留秘書翟瀛及參議甘清熙二人，景象寥落凌亂。懷九先生至都督府乃與二人商議，不待都督裁可，逕以都督名義通電全國，謂：「黃總司令率兵攻寧，元洪決心死守武昌，以待天下響應，望我黃帝子孫聞義奮起。」懷九先生第二天並覓得一騾，騎之巡城，民衆以「司法部長仍在，都督必未他去！」局勢遂隨人心之安定而趨穩。

第三、湖北荊州宜昌軍政分府總司令唐犧支部屬，敲詐走私民衆王某不遂，予以槍斃。懷九先生派員調查屬實，乃請軍政府組特別法庭，傳訊唐犧支。唐初欲拖延，乃派師長蔡漢卿乘兵艦前往宜昌拘捕。唐至武昌出庭，率受行政處分，參謀長胡某被判徒刑五年。是時荊州地方審判廳長陳英爲懷九先生所任命，因受薰陶頗深，後轉任上海地方審判廳長，民國二年審理宋教仁被袁世凱暗殺一案，竟毅然票傳國務總理趙秉鈞。

武昌起義後，革命陣營分裂，文學社接近孫中山、黃克强；共進會擁黎元洪而與孫黃立異。南京政府成立，孫武與張伯烈等組民社及共和黨，挑撥黎與黃之間，使互存芥蒂，積不相容。懷九先生以派系分立，無異自亂陣營，乃兩方勸解，曉以分則力散，間接即爲袁世凱之成功。但黎派以懷九先生爲黃興同學，黃派以懷九先生爲黎之同鄉，均謂意存偏袒。部分革命黨人以爲滿清被推翻即爲革命成功，而在開國過程中，自己所屬團體及本人厥功最偉，目空一切。

元年國慶紀念在武昌舉行，各省代表畢至，張謇與黃興遠道而來。然舉行前夕，盛傳黎元洪將不出席。懷九先生前往勸駕。黎以得確切情報，有人準備行刺理由爲拒。遂使慶祝會爲之掃興。此後黎與革命黨之距離，更爲疏遠。

民國二年，懷九先生當選國會參議員。及赴北京見到民主徒具形式，深以爲憂。民國五年，袁世凱洪憲稱帝，不及三月失敗身亡。黎元洪繼任總統，然國會已被袁解散，約法亦遭袁廢棄，原衆議院長湯化龍，認爲予以恢復有諸多困難。懷九先生告以，如不恢復約法與國會，則黎繼承總統，將無法理依據。衆皆以爲是，於是力予支持，兩者俱恢復。惜黎過份遷就現實，洪憲爪牙仍任其各據要津。懷九先生於是函告黎氏應明辨是非，並引胡林翼之言：「是非不明，節義不講，天下之所由亂也。」盼能正本清源，納政治於正軌。此函經上海各報披露後，懷九先生不久遂離開北京。

民國六年，督軍團反黎，皖督張勳假調停之名陰謀率軍入京復辟。懷九先生洞矚其奸，赴湘呼籲湘督譚延闓討伐。惜譚有所顧及，未能當機立斷，以致坐失良機。未幾張勳陰謀暴露，遂有劉建藩、林修梅在永川、衡陽宣告護法，而引發南北戰爭。

時中山先生已至廣州，非常國會推爲大元帥。懷九先生亦離湘赴粵。民國八年國會議員在廣州開憲法會議。不久南北和談，有北正南副之說，即徐世昌爲總統，以岑春煊（時任軍政府主席總裁）爲副總統。懷九先生等國會議員，認爲護法者與違法者不應談條件，乃由懷九先生草擬提案彈劾岑春煊與唐紹儀。一時副署者達數百人，已爲多數。岑乃通電下野。

北伐前後

民國十三年一月，懷九先生參加國民黨召開的第一次全國代表大會。當時已容許共產黨員參加國民黨，故李大釗、毛澤東等共產黨員亦與會。中山先生於竟日講話後，復在西濠飯店晚餐時又講話，當以教訓國民黨員方式，警告共產黨徒，勸謂國民黨員勿爲容共憂慮，因爲共產主義爲民生主義之一部份，其方法洪秀全於佔領南京時已用過，算不得甚麼新東西。且共產黨員之參加國民黨，乃是他們的俄國師父認爲共產主義不適合中國國情，承認創造三民主義的孫逸仙是中國唯一的革命領導者，命令他們參加的。懷九先生深以未發現此次講話記錄爲憾，並寄望於當時大會秘書長馮自由部份尚未發表之遺稿中。懷九先生認爲此節講話記錄，可以說明「聯俄容共」決策之眞意，亦可糾正黃昌穀記錄三民主義演講稿，僅簡略記下：「中山先生說，三民主義就是共產主義」之不妥。懷九先生於民國六十年前後，尚爲此口述親聆中山先生講話大意，囑筆者撰稿以懷九先生名交中央日報副刊發表。該短稿曾經懷九先生過目，惜當時疏忽未即交主編孫如陵先生，最近始發現尚存書齋文稿中，實愧對懷九先生。

在代表大會某次會議中，中山先生爲主席，韓麟符上台肆意宣傳共黨理論，懷九先生不耐，高呼主席注意，議事日程爲報告當地黨務及政治情況，此人講話溢出範圍，應予制止。韓某聞言自動下台。唯此舉已加深共黨對懷九先生之忌恨。

共產黨員於參加大會時，集中住東亞酒店，每日商討策略，形成黨團，由顧問鮑羅廷指導。反之國民黨則組織鬆弛，自由散漫。後由馮自由、劉成禹召集懷九先生等百餘人，在華僑招待所集會商討對策。鮑羅廷以後竟鼓動共黨份子要求中山先生，開除馮劉兩人黨籍，並予審判。時懷九先生與覃振已負責國民黨漢口執行部，主管陝西、湖南、湖北黨務。懷九先生聞訊乃電中山先生表示，本黨容共，而竟有人反取容於共，如懷疑共黨仍有黨團作用。即爲有罪，則願辭去現職，與馮劉同受審判。中山先生覆電慰留，後馮劉謹予警告處分，未受審判。

懷九先生嘗語人，生平受人誤解最大者有兩事：一被指爲西山會議派；一被指爲桂系。實皆爲共黨所誣。

懷九先生至漢口執行部工作時，就任法科大學校長。同時石瑛任高等師範學校校長。民國十四年冬，在報上讀到中央執行委員西山會議消息，與會十四人，懷九先生與石瑛赫然列入名單中。石瑛由北京返漢，告以亦未參加會議，不理就是。西山會議作成了開除汪精衛黨籍的決議。汪精衛當以中央執委會主席身份由南京來一公函：「張知本雖未參加會議，然未聲明脫離關係，殊有附和之嫌。」懷九先生覆電怒斥之曰：「余既未參加會議，不能指爲附和。中山先生之容共政策，意在容納共黨於軌物，今反變成取容於共。憶先生曾慨嘆社會之是非不明，余今亦有同感。」不久，懷九先生即與林森、居正、石瑛等八人同獲開除黨籍之處分。實則懷九先生極爲同情西山會議反共立場，不願因聲明未參加而對與會者有所傷害。但對開除汪精衛黨籍的衝動作風，致引起汪反彈開除有關諸人的分裂後果，又大不以爲然。懷九先生認爲當時只須提出反共主張，反可避免中了共黨離間之計。

桂系這頂帽子，也和西山會議派一樣，是共產黨給懷九先生戴上的。共產黨對所欲中傷打擊的人，慣常誣以某派某系之名，久之積非成是。譬如學者鄭學稼先生，從未參加共產黨，竟因反共反被共黨誣爲共產黨中的「托派」，因而終其一生均受到左右夾攻：左派攻其爲右派，右派攻其爲左派。

民國十五年九月，國民革命軍圍攻武昌，懷九先生被困城內。及十月攻克後，又以懷九先生一向反共，四處搜捕，不久報上又刊出什麼「懷九派」，懷九先生乃不得不棄家亡命上海。在上海乃致力恢復清黨後，以校長徐傑附和共黨而遭停辦的上海法政大學。民國十六年九月武漢左派中央政府瓦解，國民政府在武漢成立湘鄂臨時政務委員會，程潛爲主任委員，懷九先生爲委員兼民政處長。乃受命回鄂。不久政務委員會撤銷，成立武漢政治分會，李宗仁爲主席，懷九先生與程潛、白崇禧、胡宗鐸等爲委員，開始與李白相識。同年十一月發表爲湖北省政府主席。十七年四月中央任李宗仁爲第四集團軍總司令，白崇禧爲前敵總指揮。一日白來省府，因次日即須領兵北上，盼籌借五十萬元發餉，一週內歸還。時僅堤工經費保管委員會尚有存款，懷九先生以制度限制及江堤安全爲由，拒絕挪借，但仍主動擔保向銀行如數借到，白亦如期歸還。

其次，十八年初，李宗仁赴南京出席國軍編遣會議，懷九先生代理武漢政治分會主席。李到上海後，通電蔣下野，電文由李領銜，懷九先生被列第二，世人皆以爲電文必爲懷九先生所草擬。事後懷九先生聽說係出自漢口總商會郭肇黃之手，自己又揹上了黑鍋。三月中央討伐桂系，李宗仁逃離。蔣先生有一信托賀國光轉交懷九先生。替賀傳信者爲懷九先生之學生，懷九先生當請將原信帶回，並回覆賀先生說未見到他。因報上這兩天正在大罵桂系，如果也附和罵昨天的朋友，說不過去；如果不附和，省主席又如何做法。於是連夜乘輪離開武漢去上海。不過懷九先生認爲當時桂系的反共立場和他相同，所以能和他們合作。

國民政府發表懷九先生爲湖北省政府主席，是十六年十一月，但懷九先生推而不就，因原省府多爲左傾人員，均已逃避一空，府內雜亂空盪；而市面蕭條，滿目瘡痍，難有作爲。後在第四集團軍催促之下，乃在會議中正式提出三條件：

一、省府委員是合議制。但各廳在其範圍內應有用人行政專權，事關綜合性者才提府會商議。

二、袪除以往督軍可以任意下條子，派某人做某縣縣長或其他職務之壞習慣。即省主席亦應將用人全權交各廳長。

三、地方盜匪橫行，以後各處清鄉，希望軍方不要推諉。

這三點都獲得了滿意答覆，懷九先生才於次年元旦就職。這是民國以來，文人首次主持湖北省政。當時選任之廳長，如建設廳長石瑛，財政廳長張難先，教育廳長劉樹杞，民政廳長嚴重，皆爲一時之選，鄂省俊彥。中央雖曾有意懷九先生兼長民政，但爲婉拒，不願攬大權於一身。懷九先生在任內皆以合議制，行分層負責，推行政務。果不出數月，省政即具相當規模，爲鄂省人士所稱道。然因朋友推介縣長等單位主管，一概辭謝，得罪了不少人。民國三十六年十月懷九先生與筆者先父納水先生回江陵家鄉，分別布署參選國大代表與立法委員，懷九先生即因在省主席任內，未提攜江陵同鄉，而曾遭到冷漠與杯葛。

懷九先生接任之初，即擬訂三年計劃。第一年側重清鄉工作。第二年舉辦訓政工作，調查戶口，修築道路，辦理警衛，普及教育，訓練人民行使四權。第三年舉辦地方選舉，實行縣自治。湖北因地處水澤之鄉，常受洪患威脅，故三年計劃中，皆以水利工作爲重點之一，撥出了大批經費維護堤防。是年湖北全省果然豐收。清鄉工作亦爲施政重點，西北部棗陽積匪，一年內即告肅清。並在任內撥款一百十萬元，興築武漢大學。可惜懷九先生僅主政一年餘，即因中央討伐桂系，自感夾縫難處，毅然離職避居上海。懷九先生因爲共黨眼中釘，主政不滿三月，於武昌首義公園集會紀念中山先生忌辰時，即曾遭到共黨投擲兩枚炸彈，企圖謀害未遂。

懷九先生自十八年五月避居上海後，受到了第二次開除黨籍處分。至民國二十年九一八事變發生，其間經過中原大戰、擴大會議，直到寧粵合作，將第一、二、三屆中委合併，懷九先生才回到南京。

民國十九年三月閻錫山、馮玉祥通電反蔣，發動中原大戰。七月鄒魯和覃振等人函邀懷九先生赴北京參加擴大會議。此時，懷九先生正在上海專心著作憲法論、社會法律學、民事證據論、土地公有論等書，忽接邀請函，有意往北京一遊散心，乃乘海輪避過南京前往青島轉北京赴會。開會前，汪精衛北來主持。會議發出通電，原只著重反蔣專制，懷九先生堅持同時應以反共爲號召，而是時汪精衛業已醒悟前此親共之不當，因而亦表明了汪的反共態度。

擴大會議閻馮爭取張學良未成，張轉而投向南京，使南京在中原大戰軍事上獲得勝利。然因張軍入關，東北邊防空虛，日本次年乘機發動了九一八瀋陽事件。

擴大會議通過一項約法草案，係在北京擬妥，退至太原公佈，故世稱「太原約法」。該約法由呂復主稿，復經懷九先生及鄒魯、汪精衛、郭春濤、經亨頤、陳樹人等六人幾次斟酌而成。該約法對於人民之自由權利義務，均詳爲規定與保障，不受其他法律之侵害與限制，較之前此各項憲法草案爲進步。擴大會議的這些政治主張，因而引出了南京在二十年五月召開國民會議，制訂了「中華民國訓政時期約法」。

十一月，廣州、南京、上海三方面均同時分別召開第四次全國代表大會。懷九先生則在廣州參加。寧粤雙方在上海舉行和議，懷九先生亦曾與會。政府卒於二十年底改組，蔣先生辭去國民政府主席，次年元旦由林森繼任。汪精衞任行政院長。

懷九先生不久被任爲民衆訓練委員會主任委員。受任之始，發表談話，指出近年民衆訓練，不是採煽動方式，就是麻醉，都是愚民政策。後來因受命取消數十個抗日救國團體，懷九先生不表贊成，辭職再回上海。

抗戰前後

二十二年一月，孫科就任立法院長，爲準備二十四年三月開國民會議，議決憲法，乃先行起草供國民研究，遂組織憲法草案委員會，由孫自兼委員長，請懷九先生擔任副委員長負責起草。懷九先生當即對憲法提出其一貫的兩點政治主張：第一、軍人不能干政；第二、國家領土必須採列舉方式。獲得孫首肯後，始允受職。

懷九先生以從前北京所訂之「天壇憲草」，將帝王祭祀之所，冠於憲法之上，有僭擬民主思想之意；乃主張假蘇州天平山起草「天平憲法」，象徵爲一部普天平等的憲法。惜事務人員以交通不便，房舍欠缺理由作罷。

歷次憲草會議的爭辯，和以後若干年的憲法討論重點，除了懷九先生前述的兩點主張外，尚有關於國體的問題。

關於規定軍人退役未滿三年者，不得擔任行政長官一節，引起軍人極大反彈，當政者皆以爲係針對自己而訂。其實懷九先生此意，初起於民國十七年。時李宗仁任武漢政治分會主席，竟因委員程潛，不願接受擔任其第四集團軍副總司令，留住漢口，而執意欲任湖南省主席，即誣爲反革命，予以監禁。民國以來紛爭不息，實乃軍人干政的結果。

至於國家領土必須採取列舉方式，意在列舉東北三省爲我國領土，以表示還我河山之決心。同時亦可教育國民對疆域之認識。夏斗寅主鄂政，其秘書發公文，所書地址尚且誤爲：「綏遠、甘肅省政府」，一般國民更無論了。

國體問題，懷九先生主張訂爲三民主義共和國，以別於資本主義、共產主義及法西斯主義，代表我們獨立的立國精神。

當時第三主張勉强通過，第二主張爭論頗多，第一主張遭到强烈反對。懷九先生乃於二十二年八月辭職，以傅秉常、吳經熊主持審查工作。吳經熊後來另擬一草案，經立法院議決，送中央黨部多次討論，始於二十五年五月五日公佈，此即世稱「五五憲草」，已與懷九先生原擬訂者，相去甚遠。故有人以「五五憲草」稱譽懷九先生時，他必立即聲明「五五憲草」非其所擬。

懷九先生辭職後，在上海著作了「破產法論」及「憲法僭擬」等書。後來居正邀往北京接替江庸爲朝陽學院校長，懷九先生即赴北京了解實際情況。當時教育當局所持政策爲限制文法，發展理、工。懷九先生等以爲文理應並重，因理工人材如缺乏，尚可延請外籍人士，文法人材則無法請人代庖。後來政治會議通過懷九先生等提案，允每月津貼朝陽學院一萬元。當已計劃先後成立法、醫、商三學院，成爲一正式大學。不意七七事變發生，全盤計劃成空。

七月初，懷九先生應蔣委員長之邀，擬南下參加廬山談話會，就在秦德純於七月七日餞行之夜，忽聞槍炮聲大作，盧溝橋戰事於焉開始。廬山談話會決定全面抗戰。懷九先生後由廬山經漢口往重慶，與居正商談朝陽學院西遷復校之事。時教育部規定，西遷各校如不能在本學期內恢復，即不予承認。懷九先生即在沙市自宅，先行上課，旋再遷四川成都。懷九先生時尚兼任司法院秘書長，於成都復校後，以兼顧不便，乃商請創校校長江庸回任，自行辭卸校長職務。政府旋於三十一年，任以行政法院院長。

抗戰勝利後，三十五年召開制憲國民大會，懷九先生擔任第一組召集人，負責審查前言及第一章總綱、人民之權利義務選舉諸章。討論過程中爭執頗多。總綱第一條，胡適主張將「三民主義共和國」改爲「民族、民權、民生之三民主義共和國」，懷九先生頗爲同意。結果竟寫成：「中華民國基於三民主義，爲民有、民治、民享之民主共和國」，懷九先生不以爲然，有人辯稱：「如此可沖淡國民黨氣氛。」懷九先生說：「可惜也沖淡了中華民國的氣氛。」

懷九先生對憲法之制定未能合乎理想，耿耿於心，乃決定競選國大代表，致力修改憲法。三十七年行憲國大，適有人提議修憲，懷九先生極爲贊成，乃領銜提出修憲案，其主要內容爲提前行使創制、複決兩權。一時聯署者達千餘人。以後修憲未成，而添設「動員戡亂時期臨時條款」。懷九先生大不以爲然，懷九先生認爲外國憲法上亦有緊急處分權之規定，但未聞添設臨時條款。

民國三十八年，徐州戰敗，蚌埠吃緊，蔣總裁在南京官邸召集中央黨部負責同志約二十人磋商時局。懷九先生亦應邀參加，極力主張固守南京，反對報載顧維鈞大使遷都之主張。蔣總裁結論謂，並未考慮遷都。但當日總統府、國防部已用大卡車開始搬遷。一月二十一日總統竟宣佈引退，以李宗仁代行職權。「臨陣換將」爲兵家之大忌，何況一國元首。懷九先生爲此不禁深自感慨。

懷九先生在武漢與李宗仁相處時，即曾以其政治修養不夠，勸其不要干涉政治，而今竟然勉强做了「代總統」。後來懷九先生在廣州又勸李宗仁應正式請蔣先生復職，未爲採納。此後更遠走美洲，尤爲錯著。由此，懷九先生益信當年起草憲法時，「軍人退役三年後才能從政」之主張合理。

遷居台灣

南京撤退聲中，懷九先生正全力籌劃如何安頓行政法院之際，何應欽組閣，電邀出任司法行政部長，答以行政法院職務尚欲擺脫，予以婉卻。何乃請上海市長吳國楨等人密集勸說。深夜何再電話說：「明知是跳火坑，也得强邀你來。」懷九先生基於三點考慮，乃予答允：一、政府不宜虛懸，而予共黨可乘之機。且可先行入閣，俟正式成立後，再行辭職；二、司法行政部應改隸司法院，在任內或可達成；三、在閣議中再行提議，固守南京。乃於四月一日在南京宣誓就職。

第一次政務會議中，懷九先生提出司法行政部改隸司法院，因時局緊急，乃予擱置。此議延宕三十餘載，六十九年七月一日才將院方的管轄權劃歸司法院，將司法行政部改爲法務部，仍隸屬行政院，而保留檢方及監所的管轄權。雖不盡符懷九先生的理想，總算進了一步。不久，政府遷移廣州，危難之際，懷九先生不忍再言求去。此後閻錫山任行政院長，特央賈景德挽留，仍未能擺脫。閣後執意將政府遷重慶，或以抗戰經驗爲念，懷九先生堅決反對未果。

此時中國大陸已殘破，無法提出司法政策，須先往各地視察，了解實際情況，再提施政方針。於是決定先視察台灣，再往粵、桂、黔、滇各地，然後繞道西康返重慶。視察台灣時，計劃在屏東、台東、澎湖三地添設地方法院以便民，在花蓮則加設一高分院。以後除花蓮高分院未實現外，屏東、台東、澎湖三地已排除阻力，予以設立。但懷九先生則因兩航飛機投共，交通一時斷絕，被滯留在台灣，即未再離此一步。三十九年三月一日蔣總統復行視事，內閣改組，懷九先生卸職，受聘爲總統府國策顧問。

三十七年國大修憲未成，代表認爲有繼續研究之必要，乃組織「五權憲法學會」。懷九先生任理事，積極推動研究工作。四十年欲在台灣恢復學會，因須重新登記，乃主張擴大範圍，成立「中國憲法學會」，使參加者不只限於國大代表。成立大會由懷九先生主席，當以「學到老，學不了」勉勵大家，並主張該會出版之刊物，應登載不同意見之文章，互相論辯虛心研究。

民國四十九年懷九先生八十歲時，總統府改聘爲資政，越二年任光復大陸設計委員會副主任委員，前此即未再任實際職務。於是懷九先生乃專心於學術研究，尤勤於出席孔孟學會，並作連續專題演講，闡明孔孟學說。懷九先生指出，有人懷疑，學術是「日新月異」，將幾千年前的孔孟學說拿出來講，就是不新。懷九先生說，其實孔子是最講新的。大學引譖之盤銘曰：「苟日新，日日新，又日新」，就是天天都要新。孔子說「溫故而知新，可以爲師矣」，就說明了新舊是連貫的，那有什麼界線。

民國六十年我退出聯合國時，人心極爲浮動。懷九先生認爲大家關心國是是好現象，但要人人盡本份，個個付出行動，不要空表關心。他將關心國是者分爲三等：第一等是關心國是，並立定大志，乃至以實際行動對國是有所貢獻者；第二等是關心國是，且有志向，但卻拿不出行動來；等而下之者，乃是空表關心，卻無志向，又無行動。

懷九先生一生關心國是，並付諸行動。他敢作敢言，不計毀譽，守正不阿。他崇法愛民，推行民主政治，並潛心於法政學術之研究與闡發。懷九先生於六十五年八月十五日以九十七歲高齡辭世，為後世留下了一代典範。

附記：

承「近代學人風範研討會」囑筆，因時間迫促，不及廣搜資料，茲僅就手頭保存的中央研究院近代史研究所四十九年六月九日起至九月一日，由沈雲龍、謝文孫、胡耀恆三先生對張懷九先生的十次訪問紀錄，予以歸納整理摘錄，擷其什一，並參考「湖北文獻」有關文字及其他書籍而成稿。該記錄係近代史研究所交給懷老之複寫本，曾經懷老過目，並親自用鋼筆和毛筆多次增刪校改補充後，交筆者請託胡秋原先生為之潤色者。筆者六十四年陪同胡先生前往陽明山凱旋路C八號拜訪懷老，欲就紀錄內容深入探討時，懷老意識已模糊，因而作罷。本文原擬再作分章分析懷老之人格風範，因字數限制，乃以已成之傳略形式交稿，至感歉疚。

（本文作者現任輔仁大學教授）

憲政發展與憲政改革

——追念「憲政先驅」張知本先生

■楊仁生

引言

去（七十九）年五月二十日，李總統登輝先生就任中華民國第八任總統，在其就職演說及廿二日中外記者會上就國人所關心的憲政改革問題，作了明確而具體的宣示，隨後於六月廿六日至七月四日召開了各界矚目的國是會議，爲國家未來發展的方向，尋求共識，其中又以憲政革新這一主題，討論最爲熱烈，儘管如此，參與研討之代表均能秉持理性與和諧的態度，各抒建言，樹立了一個良好的論政風範，也爲我當前積極從事憲政改革工作提供了許多寶貴意見。本文擬從歷史學與政治學的觀點分別就：壹、制憲沿革，貳、我國現行憲政體制運作實況，參、中共政權的「憲法」本質及「人民代表大會制」的政治結構，肆、憲政改革的可行方向等四部分對於中國憲政的發展與憲政改革的問題略抒己見，也希望借此共襄盛舉的難得機會，對我景仰已久的張故資政懷九先生表示崇高之敬意，祇因才疏學淺如有不成熟之處，尚祈各位先進不吝指正。

壹、制憲沿革

論及我國憲法的締造歷程，直可與我中華民國之建立相提並論，也與我們今天追念的「憲政先驅」張知本（懷九）先生有著密合的關係，在此引述一段黃天鵬先生撰寫的「張懷九先生行誼」一文如次：

辛亥年參加武昌起義，革命成功，決議先組成「中華民國軍政府」，與宋教仁、湯化龍等草擬鄂州約法，粗具開國規模。嗣當選為該軍政府司法部部長，創立制度、軍民分職，保障人權，考用法官，並創設法律專科學校及法學函授學校，興學弼教，令人知法。

先生就任司法部長之日，書「維持秩序，整肅綱紀」兩語於轅門左右，以明責任，又書「不侮鰥寡，不畏强禦；如臨深淵，如履薄冰」一聯於大堂，亦即明示民國政府滌舊除新，崇法愛民之旨意。然而，先生一世最爲人稱頌的即在於他對極力主張民主憲政的貢獻，而且他是　國父孫中山先生提倡五權憲法的力行實踐家與理論之發皇家。

我國現行憲法，雖然是於民國卅五年十二月廿五日由國民大會制定，卅六年元旦由國民政府公佈並於同年十二月廿五日施行於全國，但溯及五權憲法制之建立則實由於民國十七年國民政府北伐統一，實行訓政，同年十月正式公佈「中華民國國民政府組織法」及「訓政綱領」六條，前者乃基於　孫中山先生之遺教，在此訓政時期本以黨建國與以黨治國之精神，代表國民行政權，而以國民黨之權力機關——中央政治會議——作爲代表國民行使政權之機關，亦爲全國訓政之發動與指導機關；後者所規定者係由黨授與國民政府以五種治權，督率政府執行，以訓練全國國民，期逐漸推行選舉、罷免、創制、複決四種政權，以樹立憲政時期民選政府之基礎。民國廿二年一月國民政府立法院，孫科先生就任立法院長，組織憲法草案起草委員會，孫自兼委員長，請先生爲副委員長，並被推起草憲法，所擬初稿歷時七月並經多次研討完成，於八月十八日送交孫院長，內容係根據國父遺敎五權憲法學說訂定，之後，立法院即以傅秉常、吳經熊主持審查，民國廿五年之「五五憲草」即係由吳氏參酌先生所擬之草案初稿所另擬，經立法院議決，送中央常委會多次討論後定案。

與現行憲法相關的兩個重要文獻，一即是民國廿五年五月五日國民政府公佈之中華民國憲法草案（簡稱五五憲草）；二是民國卅五年一月卅一日政治協商會議通過之憲草修改原則十二條。前者之重點在於一方面加强總統之權責，以適應集中國力之需要，另一方面是精簡條文，使較富彈性，俾能運用靈活，所以五五憲草的中央政制，因採强有力的總統制，中央與地方關係也很明顯的採中央集權制；後者修改憲草的要點有三：㈠國民大會改爲無形組織，四項政權由全體選民直接行使，㈡中央政制基於三權憲法，使立法院成爲國會，監察院則類似國會之上院，行政院成爲內閣制之內閣而對立法院負責，㈢地方制度仿傚聯邦制，以省爲地方自治最高單位，並得制定省憲，凡此三點都和五五憲草所規定者截然不同，也違反了五權憲法的原理，因此又引起各界强烈的反應，紛紛指責政協修改原則不倫不類，終於在政府代表與各黨派反覆協商下，提出於制憲國大的憲法草案，才將政協修改原則有關上述國民大會、立法院與行政院關係及省之地位三點，均加以修正，大體維持住五權憲法的基本主張。準此以觀我國憲法於制定之時確係遷就當時的環境，衆口鑠金，衆說紛紜，自不易做到盡如理想。更令人扼腕者即當時最大的在野黨共產黨及若干同路黨派竟在憲法制定的同時即展開全面叛亂，迨這部妥協容讓性極强的憲法公布施行後彼等亦不遵行，祇是變本加厲的四處破壞，內戰之勢已屬難免，原期民國卅六年十二月廿五日召開第一屆國民大會，因共黨在各地阻撓選舉，無法如期竣事，直到民國卅七年三月廿九日，第一屆國民大會集會於南京召開，出席代表二千八百四十一人。　蔣主席中正在開幕致詞略曰：

此次集會為中國有史以來的大事，中華民國之憲法是血淚凝成的結晶，今後戡亂行憲應同等重視，不能因戡亂而延緩憲政之實施。行憲之目的在策國家久遠之安全，而共黨則求國家之混亂。政府志在保障人民之生活及民族之生存，而共黨則圖製造飢餓貧窮及死亡。為剷除行憲之障礙，所以必須加緊戡亂工作。

大會至五月一日閉幕，共舉行預備會議六次，大會十六次，總統選舉大會一次，副總統選舉大會四次，通過各種提案八百九十九件，其間爲因應當時反共戰爭需要，大會於四月十五日第九次大會中，接受國大代表莫德惠等一千二百零二人提議，依照憲法第一七四條第一款程序，制定「動員戡亂時期臨時條款」，經四月十八日第十二次大會三讀通過，五月十日由國民政府公布施行（其後經過四次修改），本條款之產生固爲適應動員戡亂時期之需，亦證明這部妥協味濃厚之憲法仍有其缺失而有修改之必要，此係多數國大代表之共識，徒以施行伊始，動輒修憲實屬不妥，故通過本條款，以爲日後修改憲法之張本。

因此，如欲確實瞭解我國現行憲法之實體內容，就宜結合憲法及動員戡亂時期臨時條款一體看待，方能窺其全貌。

貳、我國現行憲政體制運作實況

根據憲法前言所云：「中華民國國民大會受全體國民之付託，依據　孫中山先生創立中華民國之遺教，爲鞏固國權，保障民權，奠定社會安寧，增進人民福利，制定本憲法，頒行全國，永矢咸遵。」依照憲法學者林紀東氏的解析：㈠中華民國爲一民主國家，主權屬於全體國民，制憲的權力自源於全體國民，憲法係爲全體國民之利益而制定者，國民大會係受全體國民之付託而制憲。是以憲法的內容，不得違反全體國民之意思與利益；主權不僅屬於此一代之全體國民，且屬於後代之全體國民，故如因觀念變遷，環境不同之故，不合於後代全體國民之意思與利益時，自亦得加以修正更改，以適應時勢之需要。㈡憲法的最高依據爲孫中山先生創立中華民國之遺教，扼言之，不外是指三民主義與五權憲法。㈢制憲的目的在於「鞏固國權，保障民權，奠定社會安寧，增進人民福利」這表示制憲的目的不只是消極的防犯內亂與外患以保護國家的安全，限制國權的濫用以保障人民的權利，且又從積極的立場，進一步奠定社會安寧，增進人民的福利。

基於上述的立憲精神，我國的憲政體制擷取了 孫中山先生的權能區分學說，五權分立原則與均權制度等遺敎之精華，擘劃出我國中央政制與地方政制，玆細分爲八點扼要分述如下：

一、國民大會

憲法第廿五條：國民大會依本憲法之規定，代表全國人民行使政權。

憲法第廿七條：國民大會之職權如左：

㈠選舉總統、副總統

㈡罷免總統、副總統

㈢修改憲法

㈣複決立法院所提之憲法修正案

關於創制複決兩權，除前項第三第四兩款規定外，俟全國有半數之縣市曾經行使創制、複決兩項政權時由國民大會制定辦法並行使之。（按：現行臨時條款第七、八兩項對於行使創制、複決兩權已有規定。惟實務上，國民大會並無正式提出過創制、複決案案例。）

由於國民大會職權過於空泛，實際上只有在總統副總統選舉時才顯現出其舉足輕重的地位，雖具政權機關之名，殊少其實，由制憲過程觀之，固無足怪，然去權能區分原理遠矣。

二、總統

我國憲法上的總統，其地位不同於總統制的總統，也不同於內閣制的總理，而有其獨特之地位，茲按憲法規定：總統爲國家元首，對外代表中華民國。（第卅五條）；總統除犯內亂或外患罪外，非經罷免或解職，不受刑事上之訴究。（第五二條）；其職權包括：㈠軍令權，㈡公布法令權，㈢外交權，㈣宣布戒嚴權，㈤赦免權，㈥任免文武官員權，㈦授與榮典權，㈧發布緊急命令權，㈨權限爭議處理權（憲法第卅六條至四四條）至於動員戡亂時期臨時條款所列：㈠緊急處分權，㈡連任限制的排除，㈢動員戡亂機構之設置與職權，㈣中央政府行政機構與人事機構之調整，㈤充實中央民意代表，㈥戡亂時期對創制複決案之討論，㈦宣告動員戡亂時期之終止，更使得我國總統權限大增，成爲一個握有實權的國家元首，惟因現行憲法原先之設計較有若干符合內閣制精神之規範，在本動員戡亂時期總統——行政——立法的三角關係偶會出現些許尷尬的狀況，造成政治緊張的氣氛，此時有賴高層黨政協調來解決。蓋以中國傳統的政治哲學即在於和爲貴，團結和諧共體時艱，這部憲法蘊涵其意，盡在其中矣。

三、行政

憲法第五十三條規定：行政院爲國家最高行政機關。又云：總統依法公布法律，發布命令，須經行政院院長之副署，或行政院院長及有關部會首長之副署。（憲法第卅七條）論者有謂「副署制度」可視爲內閣制的表徵之一。然而我們的行政院長非爲國會多數黨黨魁亦非出自國會議員，其係由總統提名，經立法院同意任命之，此點又與內閣制精神不符；行政院依規定對立法院負責，但立法院對行政院長無法行使不信任投票以遂行倒閣，行政院長亦不能對立法院行使解散國會權，其間係仰賴總統的移請覆議權居間運作，以期化解兩院關係。

憲法第五十七條規範出行政院與立法院的主要關係，玆略舉之。行政院依左列規定，對立法院負責：

㈠行政院有向立法院提出施政方針及施政報告之責。立法委員在開會時，有向行政院院長及行政院各部會首長質詢之權。

㈡立法院對於行政院之重要政策不贊同時，得以決議移請行政院變更之。行政院對於立法院之決議，得經總統之核可，移請立法院覆議。覆議時，如經出席立法委員三分之二維持原決議，行政院長應即接受該決議或辭職。

㈢行政院對於立法院決議之法律案、預算案、條約案，如認爲有窒礙難行時，得經總統之核可，於該決議案送達行政院十日內，移請立法院覆議。覆議時，如經出席立法委員三分之二維持原案，行政院院長應即接受該決議或辭職。

四、立法

立法院爲國家最高立法機關，由人民選擧之立法委員組織之，代表人民行使立法權。（憲法第六二條）

立法院有議決法律案、預算案、戒嚴案、大赦案、宣戰案、媾和案、條約案及國家其他重要事項之權。（憲法第六三條）

關於立法院之地位，在現行憲法中是個相當有實權的機關，本來按照五權憲法與權能區分原理，代表人民行使立法權，目的係因立法是一門專業，它仍是治權的一種，如何能立出個良法，是其最大責任，而且在五五憲草中規定行政、立法、司法、考試、監察等五院均要對國民大會負責；如今的立法院名爲治權機關實爲行使政權，且只要求行政院對其負責，立法委員不必爲立法品質不佳或議事效率不彰負責，是值得國人深思的。

五、司法

司法院爲國家最高司法機關，掌理民事、刑事、行政訴訟之審判及公務員之懲戒；司法院解釋憲法，並有統一解釋法律及命令之權（憲法第七七、七八條）；此外，憲法對於法官獨立審判與法官身分的保障亦有原則性規範。

司法的功能在於定分止爭，辨冤白謗，有解釋憲法、法律及命令之權，可制衡立法、行政權力之濫用，現代民主國家不僅要求司法獨立審判，不受外力干涉，且有司法審查制度，作爲維繫法治的最終防線，我國的司法體系多年來在人權保障與追求司法革新等方面，多有建樹，惟欲求完美境界仍然距離一段遠路，吾人以爲，全體國民渴望法治殷切，除了所有司法同仁繼續努力，潔身自好外，每一位國民尤應養成守法的好習慣，司法革新是一長期工作，抱持明天一定比今天好的態度，默默耕耘，必有所成。

六、考試

憲法第十八條：人民有應考試、服公職之權，這裡所謂考試，指國家或地方自治團體，爲選拔公務人員，所舉辦的考試而言；所謂公職，依司法院大法官會議釋字第四二號解釋，其含義甚廣，「凡各級民意代表，中央與地方機關之公務員，及其他依法令從事於公務者，皆屬之。惟憲法在第八章：考試（第八三條至八九條），其要點有：

㈠考試院爲國家最高考試機關，掌理考試、任用、銓敘、考績、級俸、陞遷、保障、褒獎、撫卹、退休、養老等事項。（八三條）

㈡公務人員之選拔，應實行公開競爭之考試制度，並應按省區分別規定名額，分區舉行考試。非經考試及格者，不得任用。（八五條）

㈢左列資格，應經考試院依法考選銓定之：

1.公務人員任用資格。

2.專門職業及技術人員執業資格。

（按：五五憲草第八五條尚列有公職候選人資格）

㈣考試委員須超出黨派以外，依據法律獨立行使職權。

考試權的獨立行使為我五權憲法之特徵之一，也是　孫中山先生擷取中國傳統考銓制度，提升文官品質，澄清吏治，以杜歐美三權分立之弊。考試院所轄兩部，一為考選部，掌理全國考選行政事宜，並對承辦考選行政事務之機關，有指示、監督之權；一為銓敘部，掌理全國文職公務員之銓敘，及各機關人事機構之管理事項，多年以來，考試權能不彰，歸納其因有：1考選機關為了遷就用人機關之需求或因各機關本位主義未能與其配合，對於考試用人的標準與公平性，甚難拿捏，易滋紛擾；2考選機關無法對各項公職候選人實行有效之考銓，致使各級民意代表問政品質參差不齊，阻礙了民主政治的正常發展。3民國五十六年七月依據動員戡亂時期臨時條款增修規定「總統為適應動員戡亂需要，得調整中央政府之行政機構、人事機構及其組織。」頒布人事行政局組織規程，於行政院之下，設置人事行政局，俾便統籌管理行政院所屬各級行政機關及公營事業機構之人事行政，並儲備各項人才；有關人事考銓業務，並受考試院之指揮監督，而實質上是削弱了考試院原有之權限。

七、監察

我國監察權，跳出立法權之外，而由獨立的監察院行使，乃我憲法的另一特色，依照憲法第九十條：監察院為國家最高監察機關，行使同意、彈劾、糾舉及審計權，申言之：

㈠對司法院院長副院長、大法官、考試院院長副院長及考試委員的任命，行使同意權。

㈡向懲戒機關彈劾總統副總統、中央及地方公務人員及司法院或考試院人員的違法或失職行為。

㈢向被糾舉人之主管機關或其上級機關，糾舉公務人員的違法或失職行爲。

㈣審計權係由監察院審計長行使之。負責審核政府會計之決算。

此外，監察院尚有調查權與糾正權。

㈠監察院爲行使監察權，得向行政院及其各部會，調閱其所發布之命令，及各種有關文件（憲法第九五條），有關調查權之行使，在監察法中有相當詳細之規定，可參考之。

㈡糾正權乃爲監察機關對政府行政措施不當之一種監督權，憲法第九七條規定：「監察院經各該委員會之審查及決議，得提出糾正案，移送行政院及其有關部會促其注意改善。」行政院或有關部會接到糾正案後，應即爲適當之改善與處置，並應以書面答覆監察院，如逾二個月仍未將改善與處置之事實答覆監察院時，監察院得質詢之。

總之，監察權的功能在於防止權力的腐化，予違法失職者制裁與懲戒，予受審者以救濟，其目的在於糾彈官邪，以肅正綱紀。現階段監察院的功能有欠發揮，個人以爲此與監察委員民選有關，也與監察院查案技巧或其與檢調等司法行政單位未能充分協調有關，希望我國的政治清明，廉能負責，監察院及其組織體系與功能似有待通盤檢討了。

八、中央與地方權限之畫分

關於中央與地方權限之畫分，爲政治建制之重要問題，各國制度不一，我國憲法係依　孫中山先生所主張之均權制度爲原則，其涵義爲：凡事務有全國一致之性質者，劃歸中央，有因地制宜之性質者，劃歸地方，不偏於中央集權或地方分權。憲法第一〇七條規定由中央立法並執行之權限；

一〇八條規定由中央立法並執行之或交由省、縣執行權限之；一〇九條規定由省立法並執行之權限，一一〇條規定縣立法並執行之權限，一一一條規定除上述各條列舉事項外，如有未列舉事項發生時，其事務有全國一致之性質者屬中央，有全省一致之性質者屬於省，有一縣之性質者屬於縣。遇有爭議時，由立法院解決之。

基於上述權限之歸屬，解決了不少中央與地方機關權限之爭，也說明均權制度係兼具中央集權與地方分權兩者之優點而袪除彼二者之缺點之功能，在今天民意高張的情況下，政府在許多公共事務上必須兼顧國家整體利益又需與地方民意相溝通，尋求諒解與支持，確爲均權制度實務之重大考驗。

總結論之，我國現行憲政之宏規，要如上述，雖然四十餘年來我們是行憲與戡亂並進，因此訂有動員戡亂時期臨時條款，其間先後修正四次，一切憲政之運作仍舊照常，顯示吾人應該肯定臨時條款在這四十多年實行憲政歷程中所具有之正面價值，惟自民國七十七年七月我國宣告解嚴，回歸憲法之呼聲，頓形熱絡，重行檢驗這部憲法以及主張廢除臨時條款之言論，亦是此起彼落，準此，似宜針對現階段憲政改革問題詳加探討，不過在此，個人擬先談一談海峽對岸中共當局這四十年來的「憲法」觀，再回頭論吾國憲政亟須改革之方向問題，或許更見清晰。

參、中共政權的「憲法」本質及「人民代表大會制」的政治結構

一、「社會主義類型憲法」的概念與本質

一九四九年（民國卅八年）大陸神州淪入中共統治，其政權在最初的五年間，一方面全盤否定與廢除我國民政府時代各項政治與法律制度，另一方面則標榜要學習「馬列主義毛思想的國家觀、法律觀以及新民主主義的政策」，並擬制出一套「社會主義類型」的政治結構及制度，透過「土改」、「鎮反」、「三反」、「五反」、「思想改造」等激烈手段，使得大陸上原有的經濟基礎與階級關係都發生了較有利於中共的變化，它可以利用這種形勢全面消滅私有財產制，用制定「憲法」的手段來保障它已取得的果實，並使它的消滅行動（所謂「社會主義改造」）取得法律依據。至一九五四年九月，中共正式成立了最高立法機構——「全國人民代表大會」，並頒布了第一部「社會主義憲法」。

吾人應瞭解的，有了憲法，並不代表它就是民主國家，蓋民主國家的憲法是保障人民權利所必須者，它必須符合法治的要求。在其中，治者必須遵守憲法配賦權限的規定，不得擅斷妄爲，越權瀆職，侵犯人民的權利。政府機關的權力，既係依照憲法的規定而取得，自然要受到限制；人民亦在憲法保障下而享受基本的權利，此乃憲政之常軌，此可稱爲「憲政主義」（Constitutionalism）若徒具憲法的形式或僅有依憲法而組織的政府，並未能切實實現憲法保障民權的精神，祇能稱爲「憲法主義」（Constitutionism），像蘇聯、中共的憲法即屬此類型，茲舉中共學者陳春龍、歐陽濤合編：「法律知識問答」對「憲法」的定義如下：所謂社會主義範疇的憲法，它是國家的根本大法，是一個國家的總章程，它表現統治階級的意志，反映階級力量對比關係，是階級鬥爭的結果和總

結，是統治階級實現其統治的重要工具。易言之，所謂社會主義陣營的國家，其制憲的目的，僅止於以法律形式將有利於和愜意於統治階級的社會秩序和國家制度固定下來，象徵著某一階段階級鬥爭的結束，例如新舊統治階級力量發生了變化，則勢必要以「修改憲法」的方式，來將得勝者過去這段時間內所爭得的種種成果以立法手續固定下來，另以此新的綱領實行之，期能鞏固統治階級的利益。

綜觀中共過去四十年的統治觀之，政治掛帥的現象牢不可破，法律則是以政治爲內容，反映統治階級的政治，實現統治階級的政治要求，那麼「政治」是什麼呢？根據他們的解釋：政治是指階級關係和階級鬥爭，說的具體一點，政治包括本階級內部的組織關係，友好階級（此指各「民主黨派」、「愛國人士」、「民主人士」等）之間的合作關係（此指「長期共存、相互監督」），以及敵對階級之間的鬥爭關係；在這三方面中，法律的作用即：對於統治階級，它是用來調整內部矛盾的；對於友好階級，它要顧慮到這些同盟者的利益；對於敵對階級，法律則是專政的工具。

基於以上淺略的認識，吾人不難瞭解，中共政權每一次的修改憲法即反映著上述階級關係的政變與階級鬥爭的消長。

二、中共現行「憲法」有關「國家機構」概述

此處所指之中共現行「憲法」是指一九八二年十二月四日由中共第五屆全國人民代表大會第五次會議通過公布施行者，目錄分爲序言、總綱章共（卅二條）、公民的基本權利和義務章（共廿四條）、國家機構章（共七九條）及國旗、國徽、首都章（共三條）；一九八八年四月十二日中共人

大通過修正憲法第十、十一兩條部分內容，由上可知，中共憲法一三八條中有關國家機構的規定就有七九條，足見其在該部憲法中占有重要地位了。

「八二憲法」規定中共國家機構由下列國家機關組成：全國人民代表大會、國家主席、國務院、中央軍事委員會、地方各級人代會和地方各級政府、民族自治地方的自治機關、人民法院和人民檢察院。茲擇要分別簡述其職權如次：

㈠、全代會及全國人大常委會

「全國人民代表大會」是中共的最高國家權力機關，人代會由省、自治區、直轄市和軍隊的代表組成，以中共七屆人大爲例，總代表數二九七〇（後補八人）名，其中共黨黨員代表一九八六名，佔六六・八％，非共黨員九八四名，佔三三・二％，每屆任期五年。按中共憲法規定，全國人民代表大會的主要職權有：

㈠修改憲法和監督憲法實施的權力。

㈡制定和修改國家基本法律的權力。

㈢對中央國家機關領導人員，決定和罷免權。

1. 選舉和罷免全國人大常委會委員長、副委員長、秘書長和委員。

2. 選舉和罷免中華人民共和國主席、副主席。

3. 根據中華人民共和國主席提名，決定國務院總理的人選；根據國務院總理的提名，決定國務院副總理、國務委員、各部部長、各委員會主任委員、審計長和秘書長的人選，並有權罷免上述人員。

4.選舉中央軍事委員會主席及決定該會其他組成人員的人選，並有權罷免上述人員。

5.選舉和罷免最高人民法院院長。

6.選舉和罷免最高人民檢察院檢察長。

㈣對國家重大事項的決定權，包括審查和批准國家的預算和預算執行情況的報告；批准省、自治區和直轄市的建置；決定特別行政區的設立及其制度；決定戰爭和和平的問題等。

㈤聽取、審議和質詢中央國家機關的工作報告是全國人大進行工作監督的基本形式。

人大常務委員會由委員長、副委員長、秘書長、委員若干人組成是人代會的常設機關，它在人大閉會期間行使最高權力，受全國人大監督，對全國人民代表大會負責並報告工作，其職權有：㈠立法權，㈡法律解釋權，㈢監督權，㈣質詢權，㈤重大事項決定權，㈥人事任免權，㈦人代會授予的其他職權。

㈡、「國家主席」

中共憲法設有「國家主席」一職，係由人代會選舉產生，任期五年，可連任一次。其設此一職位的作用在於他是國家的象徵，如其出國訪問，互電、來往書信中，他要根據國家根本政策來表態，在國際場合講話要注意到謹慎，不能失言，以其地位及威望來施展政治影響。

㈢、國務院

國務院亦稱「中央人民政府」，是中共最高權力機關的執行機關，亦是最高國家行政機關，其地位對全國人大及其常委會來說，它是從屬的，對地方各級人民政府和國務院領導的各部、委、直屬機關和下屬單位來說，它是處於核心的領導地位。

國務院的機構設置經過多次精簡，一九八八年五月經人大批准國務院設置的部門有六七個，其中有部委四一個；辦事機構五個（包含新成立國務院對台辦公室在內）；直屬單位廿一個（包含辦公廳一個和五個事業單位）。

值得注意的，中共沒有考試院，也沒有監察院，其考試錄用事宜交由國務院人事部負責；國務院下設監察部，主管㈠檢查監察對象貫徹實施國家政策和法律法規的情況；㈡監督、處理監察對象違反國家政策、法律和違反政紀的行爲；㈢受理個人或單位對監察對象違反國家政策和法律，以及違反政紀行爲的檢擧、控告；㈣受理監察對象不服紀律處分的申訴；㈤按照行政序列分別審議經國務院任命的人員和經地方人民政府任命的人員紀律處分事項。監察部具有檢查權、調查權、建議權和一定的行政處分權。另國務院又設有審計署，這是一九八三年九月成立的新單位，其職權：㈠根據國家方針、政策作出審計工作決定和頒發審計規章，地方審計機關依照執行，㈡制定審計工作計畫，㈢糾正地方審計機關不當的審計結論、處理決定。其任務是，通過對財政財務收支的審計監督，維護財經紀律，提高經濟效益，爲加强和改善，保證經濟建設和經濟體制改革的順利進行。

㈣、國家中央軍事委員會

國家中央軍委是中共領導全國武裝力量的最高軍事機構，就體制而言，國家中央軍委主席對全國人大及人大常委會負責，事實上，兩項職位皆由鄧小平擔任。實質上，該委員會是在中國共產黨的中共中央軍委主席直接領導下運作，這就是「黨指揮槍」的道理。

㈤、人民法院和人民檢察院

中共政權的司法體系分爲兩大部分，人民法院司審判，人民檢察院是國家的法律監督機關，中共解釋憲法和法律的機關是全國人民代表大會及其常委會；其並無行政法院也無類似公務員懲戒委員會等組織。

中共認爲人民法院既是遵守實行人民民主專政的機關，又是爲人民服務的機關，其任務不僅要依法打擊犯罪活動，維護社會安定和經濟秩序，而且要依法保護人民的民主權利和其他合法權益，調節經濟關係。其審級制度是所謂四級二審制。各級人民法院的終審判決的裁定，在發生法律效力後，當事人雖不能再提出上訴，但可以提出申訴，人民法院對申述案件，發現有錯誤的，依照審判監督程序，加以糾正。

人民檢察院的任務則是透過行使檢察權，鎮壓一切叛國的、分裂國家的和其他反革命活動，打擊反革命分子和其他犯罪分子，維護人民民主專政，維護社會主義法制，人民檢察院還透過自己的檢察活動，教育公民忠於社會主義祖國，自覺地遵守憲法和法律，並積極同違法行爲作鬥爭。人民檢察院作爲國家的檢察機關，其責任就是向人民負責，各級人民檢察院必須接受人民的監督，嚴肅、認眞地履行其職責，而其檢察體系的領導原則是最高人民檢察院領導地方各級人民檢察院和專門人民檢察院的工作，上級人民檢察院領導下級人民檢察院，此種體制目的在保證人民檢察院對全國實行統一的法律監督。

綜合說來，中共現行的「八二憲法」，全國人大及其常委會的職權極大，並將立法、行政（考試、監察兩權包涵其中）、司法三權集中於人大常委會，而常委會委員長的地位相當於國家元首（實質）的地位，因而削弱了「國家主席」的職權，使「國家主席」成爲一個虛位元首（虛君）。此外，形式上國家中央軍委主席領導全國武裝力量，而實質上，中共中央軍事委員會並未取消，其軍委主席鄧小平亦是國家中央軍委主席，這說明了「軍隊國家化」的規定是有名無實的，中共軍隊仍然是置於黨的直接領導下，受黨的控制。因爲黨章規定，從中央到地方每一個政府部門及軍隊連隊以上，設立黨組織，領導該機構的一切工作。毛澤東早在一九四九年六月發表的「論人民民主專政」一文，規定「中華人民共和國」的性質是「工人階級（經共產黨）領導的，以工農聯盟爲基礎的人民民主專政」國家，這項規定一直延貫下來，到了鄧小平手上，提出「四個堅持」，載入「八二憲法」，寫進「黨章」，作爲「全黨團結統一」的政治基礎。其實，「四個堅持」中，最根本的是「堅持共產黨的領導」，其他三項可以變通，「黨的領導」則是中共治國治軍之本，決不能放棄。

持平而說，中共四十年來推行的是一黨專政，黨天下，他們對一國之大法，從來沒有忠實地遵守，而只是表面上建立法制架構，但卻有法不依，有法不行，甚至根據執政者的需要，任意修改憲法，爲其服務，此乃吾人尤應深刻體認者。

肆、憲政改革的可行方向

有關我國憲政體制改革的問題，在去（七十九）年國是會議召開期間，其爲與會學者專家研討之重點，筆者在本文中闡述了我國制憲的艱苦歷程、我國現行憲政體制運作實況，並兼論中共近四十年來實行「社會主義類型憲法」之實際，目的也在嘗試找出一條可供參考的憲政改革可行方向。

吾人爲何需要加速憲政改革？實在是導因於中央民意機關數十年來無法改選的政治現實，然而，今（八十）年年底以前，這些老代表、老委員退職後，是否就能一帆風順，反映正確民意了呢？實有賴大家拭目以待。

憲法的修改，我國並不像中共，他們可以因階級關係的變化與階級鬥爭的消長，就可著手修憲，我們則不行，因爲我們這部憲法有著嚴肅的歷史意義，雖然它是老了舊了，但它畢竟是淵源於我中華民國立國精神，三民主義與五權憲法的宏模長規，儘管歷經五五憲草、政治協商，甚至有謂動員戡亂時期臨時條款各階段的增修訂過程，然而，最值得欣慰的是吾國堅守的民主憲政制度已經寫下光輝的歷史，李總統登輝先生在七十九年六月廿六日國是會議開幕致詞云：「……登輝認爲，憲法是國家的根本大法，依國情的不同，自有其獨具的特質，只要能充分反應民意，滿足人民享有並行使國家主權的要求，達到增進全民福祉的目的，原無固定的模式可言。當此國土長期陷於分裂，國家仍處非常時期之際，如何參酌他國憲政運作的利弊，兼顧國家未來的長治久安與當前的環境需求，就憲法有關規定，做前瞻與必要的修訂，有賴全國有識之士，以高超的智慧，愛國的情操，精心擘畫，始克有濟。……」七月四日李總統在國是會議閉幕致詞亦云：「……經由熱烈的討論，大多數意見傾向於以修憲的方式，解決當前憲政的爭議，此一基本方向，維護了憲法的延續與一貫，……任何改革的構想，不僅在求理論的周延與完美，更要兼顧現實的需要與可行。我們固不可因現實的糾結而放棄理想，更不可因理想的憧憬而無視現實。如何斟酌利害，權衡緩急，登輝自當以最負責的態度，摒棄任何個人與黨派的私見，循法定程序，依國人公意，審慎將事，以期奠立國家可大可久之鴻基。」這兩段發人深省之讜論，適時顯現吾人從事憲政改革的可行方向。

在此，謹述筆者個人對憲政改革的一點期望，本文有一部分篇幅在介紹中共現行的「八二憲法」，可以明顯看出它的國家機器的運作，形式上是「人民代表大會制」，實質上仍不脫以黨領政、槍桿子出政權的框框，畢竟這種極權規範下的「憲法主義」在大陸上也運作了近四十年，如何能在憲政改革的過程中導引大陸同胞重行體認五權憲法的優越與我中華民國在台灣實行民主憲政的可貴經驗，進而促成中共不再以階級變化的觀點而是根據全中國人民的公意展開第五度修憲，一個眞正民主統一的中國才有可能出現，我們宜善用我們的憲政資源，不宜蓄意詆毀破壞我們實行憲政的成果，希望全體國人深自期許，誠誠懇懇踏踏實實的支持政府，突破當前發展瓶頸，惟有憲政改革成功，中國統一才有希望。

爲今之際，我們緬懷思念知本先生，他對　中山先生五權憲法精闢入裡的闡揚，值得我們深思與反省，在此謹以他所講演的「五權憲法的認識與再認識」二篇講稿擇其要點敍述如後：

一、五權憲法特點是：權能區分、權能平衡、五權分立、均權主義及分縣自治。

二、五權憲法不是將三權憲法加二或分五的憲法；考試制度不是科舉制度、監察制度亦非御史制度。

三、五權憲法所要求的政治是人才政治、全民政治和輿論政治。

四、不能以「五五憲草」的缺點來指責五權憲法，不能以現行制度的缺點來抨擊五權憲法，討論憲政，研究憲法不能固窠守舊與徒託空言。

五、憲政與憲法是互爲因果的，憲法是憲政的根據，憲政是憲法的實施；要建設完善的憲政國家，必須有良好的憲法，良好的憲法，必須要適合革命目的和人民需要。

六、中國需要一個能夠眞正實行三民主義的憲法，三民主義的憲法就是五權憲法，五權憲法是國父考察古今中外政治得失與順應潮流而獨創的。五權憲法所要求的政治亦即最完善的政治學說和政治制度。

回顧這部中國憲法的發展史，很遺憾的，海峽兩邊的中國人均還未能走出一條民主憲政的光明大道，大陸政權人民民主專政的極權統治，固不得人心；而我憲政體制的運作面對層出不窮的新情況，無法妥爲因應，也正致力於修憲之準備，吾人是否宜於摒棄私見、消弭黨爭，無須捨近求遠，重新對於　中山先生遺留給後代子孫的政治寶典——五權憲法加以詮釋加以宏揚，未嘗不是憲政改革的明確方向!?

參考資料

1. 中國國民黨中央文化工作會，我們的看法，第十九號至廿三號。
2. 中國國民黨中央文化工作會，談國是會議，七九年五月出版。
3. 民國張懷九先生知本年譜，台灣商務印書館，六九年十一月，初版。
4. 張知本先生九秩嵩慶紀念論文集，五八年三月出版。
5. 張知本先生言論選集，五八年三月出版。
6. 憲法論文選輯，法學叢刊雜誌社，七四年十二月出版。
7. 中美憲法論文集，中國憲法學會編印，七六年九月出版。
8. 林紀東，中華民國憲法釋論，自刊本，六五年三月，重訂廿八版。
9. 王鈞章，中華民國憲法論，三民書局，七五年八月，五版。
10. 董翔飛，中國憲法與政府，自刊本，七七年三月修訂十八版。
11. 田桂林，國民大會制度之研究，黎明文化事業公司，七三年二月，初版。

12. 國立編譯館主編，法律辭典，七六年六月增訂版。
13. 憲法與憲政，立法報章資料專輯第廿二輯，立法院圖書館編印，七七年九月出版。
14. 法務部調查局編印，中共現行法律彙編（一九七九年——一九八九年），七八年十二月出版。
15. 法律知識問答，陳春龍、歐陽濤編寫，北京出版社，一九七九年九月，初版。
16. 中華人民共和國國家機構，劉烈主編，哈爾濱出版社，一九八八年二月，一版。
17. 李谷城，中共黨政軍結構，香港明報出版社，一九九〇年一月，再版。
18. 楊仁生，中共新刑法之研究，法務部調查局，七一年四月，初版。
19. 楊仁生，中共「憲法」修改的可能方向，共黨問題研究，七卷九期，七十年九月出版。
20. 楊仁生，中共「憲法」修改評議，共黨問題研究，八卷五期，七一年五月出版。

（本文作者現任文化大學講師）

■編輯部

綜合討論

時　間：八十年三月廿三日上午九時

地　點：台北市復興南路「文苑」

主　席：張治安（政大政研所所長）

論文撰述：錢江潮（輔大教授）

楊仁生（文化大學講師）

特稿提供：王鈞章（監察院司法委員會主任秘書）

特約討論：王鈞章（同前、中興大學教授）

朱浤源（中研院近史所研究員）

董翔飛（中興大學行政系主任）

傅崑成（台大副教授）

主席致詞

張治安：

今天是文工會「近代學人風範研討會」第九場次，討論的人物是「憲政先驅」——江陵張知本先生。

先生十五歲入兩湖書院，較黃克強先生後一期，二十歲畢業。廿一歲負笈東瀛，入日本法政大學，並加入同盟會。辛亥革命後，膺任軍政府司法部長，以後歷任黨政要職，並先後擔任江漢大學、湖北法科大學及朝陽大學校長，公務之餘，潛心法學著述。曾參加五五憲草、現行憲法之制定，畢生獻身於黨國，盡瘁於法學，其弘言讜論，足以發人深省，其立身行己，尤足供世人矜式。

目前，國大臨時會召開在即，我們在此紀念懷九先生，實具深長意義。

論文發表（略）

特約討論

王鈞章：

我想談幾件小故事，藉以呈現懷九先生的行誼。

辛亥武昌首義革命成功之後，他膺選司法部長（中華民國第一任司法部長），在司法部大門口張貼：「維持秩序，整肅綱紀」，又寫一對聯：「不侮鰥寡，不畏強暴；如臨深淵，如履薄冰。」

充分展現大無畏的革命精神。

民國十六年出任湖北省政府主席，致力於解除水患，消滅盜匪，推行地方自治，增加教育人員薪資，使其安心教學，仰事俯蓄無虞。

民國三十八年，再度膺任司法行政部部長，勵行考選眞才，爲國服務，並成立台東、屏東、澎湖等地方法院，紓解民衆冤抑。

民國四十九年三月，先總統　蔣公十二年任期屆滿（六年一任連任一次），他引用美國羅斯福總統八年任期屆滿（四年一任，連任一次），因戰亂特殊狀況展延任期之例，使　蔣公順利蟬聯國家元首，俾能在安定中求進步繁榮，開創今日安和樂利、社會祥和的景象。

五十五年三月間，國民大會舉行第四次大會之時，部分國代擬成立國民大會常設機構，冀與立、監兩院分庭抗禮，互爲制衡，他基於團結和諧，毅然主張無法律依據，萬萬不可成立常設機構。

懷九先生，知行並重，仕學兼優，用儒以濟法之窮，援法以救儒之失，立德功言，懿哉無愧。其著作「社會法律學」、「憲法論」、「土地公有論」、「憲法要論」、「辛亥革命論」等書，名山事業，足傳不朽。

董翔飛：

我想用一件事來說明懷九先生可敬的風範。他對憲政的貢獻可說是遠超過一般司法之上。三十五年召開的制憲國民大會，他擔任第一組召集人，當討論中華民國憲法第一條時，原草案是「中華民國爲三民主義之民主共和國」，也經大會通過，但其他黨派，如共產黨、青年黨、民社黨等有意見，他們認爲在憲法國體之上冠以「三民主義」不太妥當，因爲三民主義是國民黨一黨所信奉的，而憲法則是全民所信奉。在野黨派據此向執政黨交涉，同時展開辯論。在會場上代表國民黨發言的正是懷九先生，他指出，三民主義固然是本黨所信奉，但這也是孫總理主要的政治哲學，中國國民黨正是要信奉、實踐總理的政治主張。中華民國之誕生，是實踐總理民權主義的一環，也是中國國民黨領導的國民革命運動，大家不要把孫總理只視爲國民黨的總理，他也是國父呀！國民信奉國父的政治主張有何不宜？將三民主義置於憲法中，正足以說明國家誕生與主義的血緣關係。

懷九先生的辯論，至今依然鏗鏘有聲，但執政黨爲表示風度，願意接納不同意見，最後條文修改爲：「中華民國基於三民主義，爲民有、民治、民享之民主共和國」，並經討論通過。

在此一過程中，前台大校長傅斯年發言支持懷老之意見，他說，我是無黨派的，但我認爲張知本所言站得住腳，雖然條文修正通過，我並不贊成，既有三民主義，又寫民有、民治、民享，內涵重疊，不如原條文簡潔，而且，不接受國父的主張，反接受外國林肯總統的主張，這像什麼話？因此，我支持張懷老，請將我的發言列入記錄，以對後世子孫負責。他們二位不做鄉愿、執善固執的精神，確實令人敬佩。

懷九先生對制憲、修憲的成果有目共睹，稱他爲「憲政之父」應不爲過。

朱浤源：

錢教授大文是從歷史的觀點下筆，並大量引用知本先生的回憶資料。我在近史所服務，負責推動「口述歷史」訪問，很高興聽到錢教授以本所訪問懷九先生的口述記錄爲主要資料，來撰寫本文。這篇論文對於知本先生的生平已做了詳盡的敍述，個人受益很多。在此，我想提出幾個問題請教錢先生，同時供大家討論。

首先，知本先生與黃興都在兩湖書院，不知他是否參加了華興會？其次，他在日本法政大學四年（一九〇一～一九〇五），學習了那些法政知識？其所學爲何，十分重要，因爲這牽涉到他在民國以後從事憲政的理念、方向。這個部分若能再加發揮，不僅在近代史，即在憲法史上都將更有貢獻。

錢文中提到，民國二年，懷九先生當選國會參議員，及赴北京，對於所見到民主的徒具形式，深以爲憂。他的看法，我個人深有同感，因爲憲政素養不可能立竿見影。美國有一教授費正清，寫了一本書「革命中的中國（China in Revolution）」，也肯定了進化的漸變性質：即使是革命也要一段相當長的時間。因此，該書的副題爲「一八〇〇～一九八五」，意思是說：中國從一八〇〇至一九八五年間都在革命的過程中。對此，本所同仁多有呼應者，尤其是張朋園先生在去年寫了一篇文章「中國的現代化與革命（Modernization and Revolution in China，1860–1949）」，其中提到，憲政改革是現代化中的一個重要部分，可是又與革命相結合。顯然，革命是一種社會混亂的破壞與重建現象，而重建是個漫長的過程。因此，辛亥革命才剛結束，民國二年的憲政是何種面貌，不難了解。

我覺得，憲政的革命或許不是從一八〇〇年開始，而是從二十世紀開始。就台灣而言，到今天已經逐漸進入完成的階段，尤其是一九九〇年代。就大陸而言，至今仍然進度有限。想把憲政落實。在大陸，恐怕就必須花更長的時間。因此就未來的展望而言，我們今後即將制定的憲法，不僅要適合台灣當前情況，也必須配合未來一整個中國的發展；既有暫時性，又有前瞻性，制定起來十分不易，可以研究的地方還很多。

錢文將懷九先生的風範，以很具體的事例加以闡析。例如提到，他在湖北省主席任內，沒有偏狹的地域觀念，未提攜江陵同鄉。在左傾氣氛濃厚的情況下，他仍堅持反共。另外，他秉性率直。在擔任民衆訓練委員會主任委員時，發表談話，指出當時民衆訓練，不是採煽動方式，就是麻醉，都是愚民政策，完全指出當時的缺失。而他對憲法所提出一貫的兩項政治主張：第一、軍人不能干政；第二、國家領土必須採列舉方式。這兩點，也十分難得。

楊教授是研究中共近代憲法、刑法的學者。中共的法律我個人較少接觸，今天只想針對近代史部分請教一二。首先，本文一開始引述黃天鵬先生撰寫的「張懷九先生行誼」一文，內言「辛亥年參加武昌起義，締造中華民國，建立軍政府」，時間上似有不當，易滋誤解。應是「建立軍政府」之後，才「締造中華民國」。否則會被認爲民國以後，才有軍政府。因此應該要倒過來敍述才對。還有，民國元年也沒有「司法部長」，有「司法總長」，而且也不是張知本先生。

其次，文中提到「中華民國國民政府組織法」乃基於孫中山先生遺敎，遺敎之中的「本以黨建國與以黨治國」之精神，也有待商榷。事實上，以黨建國與以黨治國只屬過渡性質，祇是工具，中山先生目的在達成民主共和。因此，如能改爲：基於「三民主義」之精神，透過以黨建國與治國的階段，會比較妥切。因爲以黨建國與治國是屬於過渡性質的時期。訓政，在它之前，有軍政；在它之後，更有憲政。若不說明清楚，會讓人以爲其眼光就只局限在此而已。

最後，「憲法之父」一詞過於明確，也比較誇大。知本先生是否適合此一頭銜尚有待進一步的探討。因此，目前故似以「憲政先驅」一詞來形容他，或許較為恰當。

傅崑成：

我在讀大學時，曾從圖書館借了張知本先生的一本小書，也是演講辭、中英對照的「世界最進步的憲法學說」，當我獲知要來參加此次研討會時，便到圖書館再把這本書借出來，仔細研讀一遍，印證剛才各位先進的報告，個人才進一步對其風範、及做為一名法政學者的精神，產生由衷的敬意。

張知本先生確實是五權憲法的推崇者、推行者，制憲之後，他對現行憲法有許多不滿之處，當然，這是當時政治協商會議妥協下的結果，不過，他的確對憲政架構提出了很多批評，這在其書中有詳細的介紹。

剛才王鈞章先生說，他反對國民大會設立常設機構，但從書中卻可看出，他當初的設計，是希望有一常設機構存在，做為休會期間常設的駐在機構，各省代表均有，但這並不是要整個國民大會變成常設機構，而是在其中設立一常設委員會，這個想法，驗證今日國民大會的種種缺失，我覺得很了不起。因為國民大會要發揮積極功能，不能一到休會就變成一空洞、虛設的名詞。不過，他這主張還有一基礎，即創制、複決權要同時進行，而不是使立法院成為立法權的唯一機構，應是透過不同管道，共同來反映民意，因為他們都是民選代表，因此，他對國大最不滿意的一點是始終不能將此二權付諸實現。

他對立法權也有所批評。他認為憲法只說明立法院為最高立法機關，未說是最高民意機關。我們看到今天國大的空洞，立法院的過度自我膨脹，其實已違背了當初制定憲法的眞正精神。他對司法權也有不滿，當時他說，有關司法行政部隸屬問題，過去像一隻皮球般踢來踢去，現在則屬行政院，實在沒什麼道理，與五權憲法精神背道而馳。他說這番話之後，經過二十多年，到一九七九年才解決此一問題，而知本先生自始至終就不贊成這種錯誤。

有關考試權方面，他也有意見，認爲始終都沒有公職候選人的考試制度，這是憲法的疏失，有損考試權的獨立精神。我們看看現在考試院的窘狀，許多人的批評實在都沒有超越前賢。監察權也是一樣，地方的糾舉、彈劾權限，在憲法中沒有明白記載，還有地方的審計權，監察院是否有管轄權等，均見出憲法設計的不完美。

最後，再回過頭來看知本先生的精神，他認爲在民主憲政的國家體系內，所有的權力中，沒有一項權力是絕對最高的權力。他崇法務法，尊重威權的精神是很可佩的，他雖是革命家，卻眼中有威權，絕非目空一切，而這威權是建立在最後民主憲政的訴求上，另外，他對現行體制的威權又有所不滿，故亦保持了革命家的風範，這眞是在一民主社會中，我們知識分子應該學習的精神。

綜合討論

錢江潮：

我想先回答近史所朱浤源先生的幾個問題。張懷九先生是否參加過華興會，資料中並未說明。在此我須附帶一提，昨天跟王鈞章先生一通電話，曾表示我內心的遺憾。懷老過世的前幾年，我曾經希望能爲他留下一本完整的傳記，因爲近史所根據口述的記錄畢竟較簡略，當時想找人爲他詳細的記述和整理，但懷老很客氣地說，有這本就夠了。後來我與他的公子淞生先生談起此事，他也不贊成，我覺得朋友如此熱心促成此事，爲人子女者卻不配合，令人洩氣。如果有那本詳細的傳記，我想朱先生的問題應該都可得到解答。

至於懷老他在日本法政大學讀的科目和授課者，在近史所的口述資料中均有詳細記載，可以查閱。

劉子鑑：在錢教授文中，提到民國三十七年時，張知本先生贊成修憲，並領銜提出修憲案，但以後修憲未成，遂添設「動員戡亂時期臨時條款」，而知本先生不太贊成。可是一般坊間憲法課本，卻認爲他贊成臨時條款，不贊成修憲，似與錢文不合，到底眞相如何？

錢江潮：張知本先生當年是主張修憲，而不贊成增列臨時條款。劉子鑑先生問爲何現在很多人卻持相反看法呢？其實這是誤解。懷老原本就不贊成臨時條款，在三十七年時，國大代表有代表全中國的權力，故他贊成修憲，但後來還是制定了臨時條款。現在之所以造成誤解，主要是來到台灣以後，發生總統連任和法源問題，懷老主張在臨時條款中修改，以免修改憲法本文，因此才使他被誤解爲支持臨時條款，其實他一直是反對的。

至於懷老在大陸主張修憲，現在爲何大家都反對修改憲法本文呢？主要是因爲當年選出的代表已逐漸凋謝，已不足以代表全國，即使是年底選出的第二屆國代，恐怕也很難代表十二億中國人，故目前有人不贊成修憲是有其道理的。

（張堂錡紀錄整理）

〈附錄〉

謁張公懷九　話兩湖書院

王鈞章

一、兩湖書院
二、書院之概況
三、張文襄公尊師重道、注重實學
四、科舉末流之病
五、負笈東渡

鄉前輩江陵張懷九（知本）先生，出生於民國前三十一年正月廿二日，六十五年八月十五日逝世臺北榮民總醫院，享年九十有七歲。先生少有神童之譽，束髮受書，過目成誦。年十三即補博士弟子員，一時傳爲佳話。嗣畢業兩湖書院，遊學日本專治法律，學以大成。歷任湖北首義時司法部長、湖北省政府主席、司法院秘書長、行政法院院長、司法行政部部長、制憲國民大會代表、光復大陸設計研究委員會副主任委員、立法院立法委員兼憲法草案委員會副主任委員，湖北法科大學、江漢大學、上海法政大學、北平朝陽大學等校校長、中國國民黨中央評議委員暨總統府資政，服官育才，卓著聲績。鈞章於學生時代曾獲湖北法科大學校友會獎學金，遂有機緣晋謁這位開國元勳、士林泰斗、政法宗師和名教育家，公餘之暇，輒請教益，歲月易得，瞬已廿餘載，何止勝讀廿年書也。先生愷悌慈祥，於平凡中見偉大，崇仁盛德，宜臻上壽，其殊勳在國，澤惠在民，自有史家大書特書，玆謹將民國四十九年間晋謁先生時，話兩湖書院之情狀，筆錄一則，玆值先生一百一十歲冥誕之期，予以發表，藉以就教於時賢碩彥。

一、兩湖書院

民國前十七年（光緒二十一年），余年十五。南皮張文襄（之洞）時任鄂督，創自強學堂及武備學堂，行文各縣保送青年生員應試。余被保送投考武備學堂，住武昌嶺街頭一旅舍中候試，與一沔陽陸姓同寓，渠見余體弱，不宜習軍旅，極力勸阻。余聞武備學堂功課繁重，亦以力難勝任爲慮。

兩湖書院當時正在招生，規模宏大，學生來自各省，房屋按干支編號，依籍貫分配，每府定額十名，同一齋，兩湖以外省籍學生，住所稱「商籍齋」，一人兩房，一作書房，一爲臥室，各齋有齋夫、炊夫各一名侍候，每生月可領膏火銀四兩，每月考試一次，成績列超等者可獲獎金十二元，特等者十元，平等者八元，故每生一月至少可領十餘元。當時米一石只售數百文錢，故學生生活極爲優裕，甚至已可贍養家眷。

余同縣曹君履貞，字潔予，先余一班，在兩湖書院肄業，乃由渠證明余爲生員，參加考試，題爲：「酷吏不得爲大府論。」余末段謂「夫惟以不忍人之心，行不忍人之政，寬猛互濟，恩威並用，宅心則愷悌慈祥，治事則綜核名實，審如是，何往不宜，何人不服，以任大府，庶足勝任而愉快矣」。獲得「心術平正，文筆民美，佳士也，心許之」之評語，倖邀錄取。

書院主持人稱監督，爲番禺梁節奄先生（鼎芬），各科教授稱分教，經科之分教；一爲江蘇張先生（錫恭），授論語周禮，一爲廣東順德馬先生（貞榆）字季立（縣學生，曾肄業學海堂），授周易尚書地理分教楊先生（守敬）字惺吾，號鄰蘇，宜都人，同治壬戌舉人，主講歷史地理——水經注；鄒先生（代鈞），字沅驌，新化人，主講新地理，陳先生慶年字善餘，鎭江人，優貢生，授兵法史略學。其餘尚有天文、數學、測量、化學，博物及體操等，科目繁多。張文襄曾云：「吾分教皆爲海內絕學」或不免疑爲過誇，但距事實不遠。

分數計算以四分爲最高，蓋張文襄以司馬溫公爲九分人，若能近其半，即足爲當代佳士。此種標準，現在殊令人發噱。考試除經往史國文用紙筆之外，其餘各科俱在黑板出題作答。教室周圍原已遍懸黑板，每逢考試之晨，監督掌燈入內，在黑板上寫上學生姓名，至上課時，分教在各黑板上寫出試題，學生立即作答。此種方式，一可收切磋觀摩之效，可督導學生平時努力，以免臨時慌張，當衆出醜，而各生試題互不相同，教師若非飽學之士，亦難斟酌妥當，足證文襄讚美分教，信而有徵也。

作息信號用鼓聲，每日五時頭鼓，五時半二鼓，六時三鼓上課，冬季時天尚未亮。若二鼓時尚未起床，齋夫必來催請：「老爺，二鼓啦。」僕役呼書院學生爲老爺，呼自强與武備學學生爲少爺，可見學生當時受人尊敬之程度。

文襄提倡教育，培養人才，對以後革命之影響頗大。他對於建設方面之成績，可以說有口皆碑，談到風範，更令人景慕，書院禮堂稱正學堂，堂柱懸有一聯云：「志在春秋，行在孝經，此爲臣鵠子鵠」「雖有文事，必有武備，法我先聖先師，」具見其志行所在。又如農業學堂懸聯云：「凡民俊秀皆入學」，「天下大利必歸農，」武備學堂懸聯云：「執干戈以衞社稷，」「說禮樂而敦詩書，」均係利用簡要字句，標明注重建設，文事武備，同時兼顧的施政方針。

黃興（克强）早我一班，在校時特別注重地理與體操，屢試獲第一。人譏爲「黃軫（黃興）原名）不過放槍跪臥稍快而已。」實則黃有大志，正在加緊鍛鍊，爲事業樹立根基。

每一談及「五四」運動，或聽到其他學潮，余皆難忘在兩湖書院發生之一幕往事，深深嚮往不置庚子年間，武昌傳言東三省偏插俄旗，學生聞悉大譁，集議要求宣戰，並推時功玖（字季友，爲前外交次長時昭瀛之父）起草宣言，書於黑板時監督梁先生已任武昌知府，監督由曾任湖北學台之王先生同愈（勝之）接充。王爲翰林，精通算學，王當即宣佈：「我愛國不落君等之後，決取一致之行動，惟恐傳聞失實，務須察明眞相，冷靜稍候。」賡即趨謁總督張（之洞）巡撫于（蔭霖）請電詢眞情轉告。覆電來後，立予張貼云：「俄之越境，事常有之，東北易幟一說，則係虛構」王監督乘機勸告各生曰：「愛國應去虛憍之氣，否則愛之寔足以害之。即如此次事件，應先明瞭中俄疆界，若俄人果有侵佔，首應據理力爭，如不成再行宣戰。愛國行爲需要準備與學問，宜趁此時機將兩國疆界弄個清楚。」學生聆悉後心悅誠服，嗣即由鄒分教（代鈞）講中俄界記，歷半年完畢。考試前我等畫地圖，默記那七八字一個之翻譯地名，準備雖苦，但收效極宏。此次愛國運動，能轉變學生熱烈之情緒爲求學問之動力，使愛國不落於口號與盲動，政府、學校、學生三方面之表現，都值得贊揚，而當局能因勢利導，把握教育原則，尤爲難得，後來我自己從事教育，每愛引證此件往事。

二、書院之概況

書院負責人稱監督，翰林出身，各科授課教授，稱分教，余前已言之，管理事務者稱監學。其次爲提調，由知府或道台兼任，余經歷監督凡三人，即梁先生鼎芬（字節菴，廣東番禺人）王先生同愈（字勝之，江蘇元和人）黃先生紹箕（字仲弢，浙江瑞安人）

分教月薪銀一百兩，並配房屋一棟，其時候補道尚無此待遇。復因張文襄尊師重道，故能集海內外之絕學以爲師資。在校因避呼師長之名寖久已無復全部記憶，日記又未攜出，無從詳述，殊爲歉然。日前提及經學地理兵法史略學各分教外，史學分教嘉興沈曾植（子培）先生，天文分教江蘇賈（△△）先生，皆家學淵源，根基深厚；化學分教上海徐（△△）先生爲徐光啓之後裔、博物學分教江蘇王先生、數學湯（△△）先生、曹（△△）先生兩分教，及測量羅（△△）、黃（△△）兩分教，皆粵籍。各科設兩分教者，蓋寓相互比較之意焉。

教體操者稱爲教習，係武備學堂出身，地位次於兩湖書院學生，出操時規定秋冬著藍呢短襖，春夏著羽毛短衫，皆公家所備，但因一二頑皮同學，輕視教習，既不願換裝上課，亦藐視其指揮口令。彼等向文襄訴怨，及遭不諳教育方針之申斥。此後便將教習改稱領班，身份與學生相等，上課時多以諸君將來出將入相，雖有文事，亦宜兼治武備等詞，婉爲勸勉。

此外有放槍練習及打行軍兩種課程。打行軍猶今日之野外演習，冬夏各一次，一在青山，一在洪山。初次行軍時監督書梁節菴先生「置膽」兩字之橫帔，頒發學生，並各有題詞，寓勾踐臥薪嚐膽，堅苦卓絕之意。

平常有旬假，每月三次，新年有年假，正月十五以後開學，近道學生可回家度歲。每月成績各科彙集計算，各生依平均等級發給獎金，八元、十元、十二元不等，年終大考成績各門分別計算，共可得獎金百餘元，蓋教士而兼養士者矣。

江漢、經心兩書院爲張文襄任湖北督學時所創辦，後併入兩湖書院。僅辦兩、三期畢業，科學制廢，改爲兩湖師範學堂，故兩湖書院乃新舊過渡時期之湖北最高學府。

三、張文襄尊師重道，注重實學

兩湖書院每屆開學之期，張文襄率領文武百官蒞校，至校門下轎步行，先至至聖先師孔子神位，率監督以下及學生，行三跪九叩禮，續至正學堂，率領百官立於東階，監督率分教立於西階，文襄代表學生家長向西階行叩首禮，容顏肅穆。時彼年已逾花甲，官階崇隆，至受禮之監督分教，泰半屬其門下，然爲表明付託使命之重大，與酬答教誨之辛勞，仍恭謹執行敬師大禮，爲人師者，膺此隆典，其能不發抒忠盡，盡瘁於教育乎？受業者經此潛移默化之薰陶，當更能體驗師道之尊嚴與學術崇高之價値，而知所致力矣。

文襄嘗言唯實學始能挽救國家危亡，誡學生須看輕科名，以事業爲重。自言九歲即能賦詩，十三歲時其父瑛（字又甫）方任貴州興義知府，爲刊印成集，題曰「天香閣十二齡草」胡文忠林翼時爲安順知府，安順與興義爲鄰，文忠得見其詩集，甚讚其聰穎。但甚以吟風弄月徒斲傷心志，無補國家爲誡。自此以後，即力改前習，而專從務實學做實事著手。文襄以自身經歷，諄諄勗勉後進，殊發人深省。

學業不僅非實學，抑且窒礙學業之進步，文襄每引述甲乙之學問原相若，後甲中狀元，乙落第後發憤爲學，功力精進。時賢僉謂中試以前，甲之學問或勝乙，但中試以後，乙之學問則較甲爲優。甲乙皆當時聞人，其姓名行事斑斑可考，余等聞之，益堅求實學以救國難之志向。文襄以科舉出身而具有如此見地，確屬難能可貴。

年終大考時，經史科試題，皆文襄自出。猶記某年試題爲「學優則仕說」，旁註「兩優字兩則字同解」，按一般解釋，「學而優則仕」之「優」爲「精通」，「則」爲「才可以」，「仕而優則學」之「優」爲「閒暇」，「則」爲「可以」，兩優字兩則字之意義程度不同，余等見題註而異之，問分教亦不得要領，遂胡謅完卷，不知所云。

楊（守敬）先生年事已高，學術聲望，名重一時，平日罕來上課，評判成績，鮮予超等，蓋以余輩程度平平，如能獲得特等，已覺放寬尺度。某年年終大考，以「荊江水利」爲題，余以特等膺第一，楊師云：「荊江隱患，吾老矣，不及見，汝輩當身受之。」緣洞庭湖毗連長江，周幅廣闊，夏秋長江水漲，江水流注湖中，可以洩洪減氾。年久湖邊淤泥日積，湘人於其上築堤、闢爲南州廳（即今湖南南縣）湖幅因而縮小，調劑功能減低，苟復任其自然發展，一逢大水之年，後果不堪想像「荊州水利」之題意，即在喚醒我輩認識，亟謀毀廳還湖，以除隱患。後來黃紹紘主鄂，何鍵主湘，湘人復築天祐坑於洞庭湖中，冀圍湖成田，黃以爲於鄂省並無侵損，遂不以爲意。但鄂省人士以天祐坑築成，洞庭湖蓄水面積縮小，一遇長江大水，將有漫溢之患，影響人民生命財產甚鉅，竭力向中央陳情，請求毀堤還湖。何雪竹（成濬）語我：「長江水患，君籍首當其衝，曷不襄助呼籲」？時蔣主席正因浙江某事提「廢田還湖」案，余乃陳述楊師（守敬）昔日警語，並謂：「科學眞理，千古不易。公今所倡者，與先師所見不謀而合，豈非知者所見大致略同」。後中央卒批准鄂省所請，拆堤掘田，益增余對先師之懷念。

凡此篤信學問，尊師重道，與夫對於愛國不可虛憍，救國應先準備之認識，皆爲張文襄所直接、間接啓示於余等者。進至民國，革命口號甚囂塵上，如論及識見之深遠，胸襟之開朗，以及愛國之熱忱，建設之事功，其能媲美文襄者能有幾人？追憶前賢，能不愧怍？文襄短小精悍，籍隸直隸南皮，而面目清秀一如江南靈氣鍾毓之士。嘗聞其作息無定，晝夜辛勞，甚或連宵不眠，往往於見客時假寐休憩，不知者以爲故意慢客。文襄處於新舊交替，變動非常之時代，著爲文章發爲事功，在在備受非難。求新之一派，譏其不夠徹底，守舊之一派，謂其不合古訓，茲就其犖犖大者各舉一事。文襄手著勸學篇，首創「中學爲體，西學爲用」之說，分送各校師生，江漢書院楊山長（已忘其名）覽後，退回原書，並附書云：「非勸學也，勸不學也；非勸中學也，勸西學也」。極盡譏諷侮辱，然文襄優容之，不以爲忤，及庚子唐才常自立軍案起，文襄愛惜唐之才華，意欲袒護，但受制於巡撫于蔭霖（吉林漢軍旗人）不得已而殺之，事後痛哭失聲，以才常爲兩湖書院學生，文襄自慚教導無方，使子弟「誤入歧途」，無顏見其父兄也。爲防悲劇重演，作告「上海國會及留學生書」，勸導會黨諸人，意甚誠懇，而才常之友沈翔雲，係湖北武備學堂開除之學生，讀後致書文襄，洋洋萬言，首稱「南皮尚書夫子大人」，狀頗尊敬，但隨即急轉直下，痛詆其非，略謂，「既懼亡國大夫之誚，又羞蒙殺士之名，俯仰無聊，欲以自解，其情可憫，其用心抑亦苦矣……」文襄閱後，深受刺激，此後絕筆不寫一文；然對此信之內容，並不諱飾，且致書兩湖書院監督，促其將該信印發各生，分別爲文駁斥。余等從命應付，然內心頗震驚於沈之豪放激越焉。

四、科舉末流之弊

光緒二十三年丁酉余十七歲時，清政府考選優貢，湖北規定四個名額。考試分爲三場，末場試對策共三藝。房師批「鎔經鑄史，筆力遒勁，唯末藝未用其所長」，以備取第一荐及張文襄覆閱後，評爲「末藝引毛詩傳最佳」。改爲正取第一。所以評語先後不同之故，蓋房師以文筆之氣勢爲標準，而張文襄則以與試者學問之淵博，識見之深邃爲標準。標準因閱卷而異，科舉之公正性便令人懷疑，及至入京朝考，試桌高不及一尺，又無坐椅，衆皆匍匐於地，監考者帶紅藍頂，眈眈逼視，余認爲斯文受侮如此，心中至爲難堪。書院的先生屢以重實學，輕科名相勸，今余遭受如此刺激，遂徹底看穿科名，朝考前有老於此道者言：臨試時但求字跡端正，行數均勻，佈滿一紙，毋須注意內容。余不之信，反其道而行。及發榜，取爲二等，以知縣用，分發甘肅，因道遠及兩湖書院尚未畢業未往，後乃知發榜，即在考試次晨，閱卷官年老眼花，時間又短，無暇看內容，但依字跡端正，佈滿一紙者爲準。科舉之無意義，余至是獲進一層了解。

五、負笈東渡

余肄業兩湖書院六年，畢業後隨全班官費留學日本。時爲光緒二十六年庚子，余年二十歲，首進東京宏文書院專習日文，一年後轉入法政大學，文襄本意令研究師範，及聞余擅自改變計劃，殊爲不滿，蓋認爲政治之學，我國已臻於完善境界；彼又持「中學爲體，西學爲用」之說，以調和中西文化之衝突，不知中學與西學各有「體」「用」，既無無體之用，亦無無用之體。文襄從未辦理法政學堂，而由其具有本國文化優越感及成見所致。

憶余離鄂赴日時，文襄蒞輪送行，對學生頻頻答禮。提督張彪後至，屈膝請安，文襄口啣長旱煙桿，視若無睹。余等見此倨態，不免暗笑，亦益覺自己所受之優遇。時全體赴日留學生，由候補道李（寶森）率領辜鴻銘（湯生）隨行。余等乘輪至滬，上海道設宴招待，北洋大臣袁世凱之文案劉某在座，舉杯語辜氏云：「君之宮保重學問，余之宮保重事業」，語畢，意氣洋洋，甚爲自得。辜呷酒若有所思，繼徐徐言曰：「余暗度之，天下唯有一種事業不須學問，何者？倒馬桶是也」舉座聞之鬨然，劉某面紅耳赤，羞惱萬分，辜詼諧成性，在文襄幕府時，亦言行無拘，雖分屬賓主，問辯無礙，文襄愛才若渴，一向優禮款待，其幕府人才盛極一時，豈偶然哉！

旅日之時，適値日俄戰起，俄波羅的海艦隊突入對馬海峽，全日震驚。東鄉大將成竹在胸，特誘入而盡殲之，遂得操制海權，奠定勝利基礎旅順之役，日本犧牲慘重，及樸資茅斯和約簽定，日本所獲甚微，消息傳來，羣情激憤，議和使者返國至東京驛，被迫秘密改道下車，藉避衆怒，羣衆復在日比谷公園集會，遇警察干涉，乃遍拆其崗亭而搗毀之，但秩序井然，絕無騷及鄰近民舍情事，又余嘗至淺草公園，見西鄉隆盛銅像聳立其中，夫西鄉者爲反政府之領袖也，而日本政府仍爲其立銅像於公園，紀念其愛國熱忱，以示崇德報功之意，如此政府，如此人民，日本焉能不富强乎？彼時瞻望故國，每況愈下，羈旅中感慨千萬矣。

日本法政大學教授陣容堅强，如民法教授梅謙次郎，刑法教授岡田朝太郎，國際公法教授中村進午，國法學教授筧克彥，憲法學教授清水澄等，皆爲博學通儒。國際公法課中，中村進午講琉球交涉經過，述事詳盡，理證充足，見解精闢，純然以學者態度，發揮仲虺「攻昧」之原理，啓示不少，二次大戰開羅會議中，我國未要求收復琉球，實應歸咎外交當局忽略歷史所致，益徵名位或可倖致，事功必賴實學，文襄之言非虛也。

（本文作者現任監察院司法委員會主任秘書）

文訊叢刊⑲

但開風氣不爲師

梁啓超・張道藩・張知本

編輯指導／封德屏
美術指導／劉　開
責任編輯／王燕玲
校　　對／孫小燕・黃淑貞
內頁完稿／詹淑美

發 行 人／蔣　震
出 版 者／文訊雜誌社
編 輯 部／臺北市復興南路一段 127 號三樓
電　　話／(02)7711171・7412364
傳　　眞／(02)7529186

總 經 銷／聯經出版事業公司
地　　址／臺北縣汐止鎮大同路一段 367 號三樓
電　　話／(02)6422629 代表線
印　　刷／裕臺公司中華印刷廠
臺北縣新店市大坪林寶强路六號
電腦排版／浩瀚電腦排版股份有限公司
電　　話／(02)7771194
地　　址／台北市忠孝東路三段 257 號 5F

定價 200 元(如有缺頁、破損請寄回本社調換)
郵撥帳號第 12106756 號文訊雜誌社

中華民國八十年七月十五日初版
行政院新聞局局版台誌第 6584 號